村支书日记

中国
当代
诗歌榜

林目清 ◇ 著

中国文联出版社

图书在版编目（CIP）数据

村支书日记 / 林目清著 . -- 北京 ：中国文联出版
社，2024.3
ISBN 978-7-5190-5465-6

Ⅰ．①村… Ⅱ．①林… Ⅲ．①诗集－中国－当代
Ⅳ．①I227

中国国家版本馆 CIP 数据核字（2024）第 060337 号

村支书日记

著　　者　林目清
责任编辑　王　斐
责任校对　胡世勋
装帧设计　悟阅文化

出版发行　中国文联出版社有限公司
社　　址　北京市朝阳区农展馆南里10号　　　邮编　100125
电　　话　010-85923025（发行部）　010-85923091（总编室）
经　　销　全国新华书店等
印　　刷　三河市华东印刷有限公司

开　　本　787毫米×1092毫米　　1/16
印　　张　23.5
字　　数　448千字
版　　次　2024年3月第1版第1次印刷
定　　价　95.00元

一种理解和思考乡村振兴的新视角（序）

杨 克

　　我并未有机会探寻诗人林目清的灵魂深处，我们的交集仅在一场喧嚣的文学聚会上，未曾有过深入的私人交谈。然而，当我承诺为他的作品作序时，我是被一种深深的共鸣驱动的。这源于我对20世纪80年代在大学的校园写诗并发表在《芙蓉》这样的权威文学期刊的诗友，有一种身份认同的亲切感，我们同属于一个诗歌大时代。尽管时光荏苒，那份对诗歌的热爱并未因年华的流转而淡化。林目清是一个有毅力的诗人，他有一种韧性，无论是顺境还是逆境，他都坚持着他的创作。他的作品已在各类刊物中散播了四十年，这让我看到了他对写作的执着和坚定，犹如水滴石穿，岁月虽长，他的笔端却从未停息。他已出版的诗集数量达到了十余部，部分诗集的销量甚至接近万册，足见他的作品对读者来说有一定的亲和感和影响力。

　　在品读这部讲述乡村扶贫的诗集时，我深陷其中生动而真实的叙述。我曾在思考中慨叹，若作者能在脱贫的最后一刻出版这部作品，它可能会吸引更多的目光，引起更多的讨论。然而，逆思而行，"文章千古事"，有时延缓出版，或许作者对作品更深一层的思考和打磨，会赋予它更持久的光芒。将来沉淀在岁月的河床上，那些文字也许会因为时间的洗礼而更为夺目。

　　我想象未来的人们，在读到这部村支书的日记时，会沉浸在历史与文化的交融中，并深入挖掘日记与其社会和历史背景之间的紧密联系。首先，它是生动而具象的社会历史记录，描绘了乡村扶贫的概貌，它所反映的，不仅仅是政策实施的方式，还包括村民的反应、接受程度，以及由于扶贫政策带来的社会变迁。这样的日记，如同一个微观世界的历史全景镜，生动而立体。其次，日记体文本的作者，他的个人视角和感受，如同一把打开历史之门的钥匙，提供了一种独特的、亲身参与的视角，让读者能更深入地理解和探讨这段历史。不仅如此，我们还可以透过日记，感受到这些年的乡村文化、所处年代的社会氛围，窥见人们的价值观。这样的日记体作品，犹如一面镜子，引领读者反观自身，对历史、社会和个人身份等问题进行深入思考。它不仅让人们了解过去，更能让人们反思现在，洞见未来。

我们还是回过头来读《村支书日记》中的诗作，先分析讨论其中的日记之五十九，以及日记之一百五十三、日记之一百八十四，窥一斑而见全豹。

这三首诗描绘了中国农村扶贫的基本框架和结构，如同一面镜子，映射出沧桑历程，以及驻守的村支书的生动实践。我们从中可以触摸到中国扶贫工程的骨骼和脉络。

在《村支书日记之五十九》中，作者以诗的语言绘制了扶贫中的人口易地搬迁画卷。我们仿佛看见了一幅幅高山贫困村民迁徙至山下小镇的生动画面。这样的策略在许多地得以实施，显现出中国精准扶贫的系统性思维。而诗人通过对贫穷的山地与相对富饶的山下小镇的对比描绘，剖析了社会结构的层级差异。

《村支书日记之一百五十三》中，诗人描绘出村支书内心的欣喜之情，他看见了农村社会生活从贫困向小康的微妙转变。诗人也点明了贫富之间的边界并非一成不变，而贫困的现象，也并非无法改变。

《村支书日记之一百八十四》更是巧妙地引导读者透过现象学的视角，走进村支书的生活现场。诗人细腻地勾勒出村庄改造的场景，如清理河道、改造厕所等，这也透露出了村民生活品质的日渐提升。通过这种直观的感官体验，读者能更深入"看见"扶贫的具体实践。

从审美角度来看，这三首诗注重了意象的经营。例如"精准地把一个山上小村庄连根拔起，移栽到山下的小镇上""把名单移到了小康的页面""我们村可以把溪沟整成标准化的水渠"，这些鲜活的画面增强了诗的感染力。在《村支书日记之五十九》中，诗人通过比如"蚂蚁族群还没反应过来""这里的许多动物，从此没有人的相依陪伴"，揭示了贫困与自然生态的深刻关联，以及人类社会行为对自然环境的影响。这不仅对当下生态环境的关注提出了犀利的呼应，也揭示出解决贫困问题的多元视角和复杂性。

在《村支书日记之一百五十三》中，诗人细腻描绘的生活细节，凸显了扶贫对普通人生活的改变。"手电筒、煤油灯、水车、风车……都已收进了村级活动中心的博物馆"这一句诗，透露出科技进步对农村生活品相的改变。而《村支书日记之一百八十四》则从乡村的基础设施改造入手，引发了关于乡村振兴和农民福利的思考。诗人通过如"屋檐水滴不出浊气""阴沟里没有蚊虫横行"的描绘，传达出扶贫对于提高农民生活品质的重要性。

类似的例子还有很多，比如《村支书日记之一百八十七》中，诗人使用了许多具体的符号，如"喜鹊叫""月亮已睡到树梢上""星星睁着快要打瞌睡的眼"等，它们在诗歌的结构中相互关联，这种对符号和意义的处理呼应值得肯定。

我们仔细品读下一首：

村支书日记之一百九十二

（2022.5.25，星期三，晴；壬寅虎年四月二十五，国际失踪儿童日）

突然得到消息
我的一个扶贫战友老张患了绝症
据说是胃癌，刚发现就是晚期
现在已快不行了，就住在湘雅医院

老张，好人啊
他是一个快退休的老头子
驻扎在我们隔壁大叶村扶贫有八年
很少回家，倒是他爱人经常来看他
每次都来去匆匆
每来一次，总是叮嘱他：老张啊
年纪不小了，要注意身体
工作是国家的、人民的，但身体是你自己的
但他老是回答：老婆子，你放心
不会有事，我的身体好着呢
我的身体不仅是自己的，也是国家的、人民的
有国家和人民撑腰，我的身体就不会有事

今天我和村委会三个人去医院看望他
一早，我们搭乘班车去县城坐高铁
花了三四个小时才赶到湘雅医院
我们一进病房，他看到我迎面而来
就用力伸出他的手
我立马走向床前去与他拥抱
拥抱之后，大家都泪流满面
他弱弱地说：老林啊，我快不行了
看来马克思找我急啊
剩下的革命工作，得靠你们来做了
扶贫工作奔小康，乡村振兴国富民强
乡村振兴，重任在肩，你们任重而道远啊

说罢，他抹了眼泪，拿出一个笔记本
说：最近一直睡不着觉，放心不下我们大叶村
躺在病床上，望着窗外，总是泪雨淋淋
深有感触却说不出来，于是我只好写了一首诗
请你们的秘书小李给我念念
以表我心怀，算告慰大家了吧！

"我的大叶，我的第二故乡
是我的灵魂再生的地方
我的大叶，我的最爱
我把我所有的情都给了你，现已一无所有
我把我所有的情都融入我的身体
献给了你，我的大叶，我的村庄，我的第二故乡
最能表达我情感的，是我的肢体
我用支撑了我六十年岁月的肢体最后为你坚挺
为你操劳操心，为你排忧解难，为你强身健体
是我今生最大的荣幸

也许我将背离你而去
你将永远不知我去了哪里
我要在梦里去那与天堂最近的大草原上驰骋
去离我的爱最近的雪峰山再次游历
还要去离海最近的我国沿海地区最发达的大都市
去看东方明珠，去看太阳升起的地方
卸下我在人间的重负和心的桎梏
去自由的世界、自由的天地、自由的太空飞翔

我要用我的双手舞动
画出心图，再一次引你走近我的真心
我要用我的双脚跨步转动
丈量你离我最后的距离，然后在旋动中飞升
投去我眺望你的望眼
我要用我躯体饱满的热情
像一块我心底的热土去表达我最后献给你的最爱

你看我胸膛的震动声里，心花已怒放
像电磁弹投向你，炸开你的胸膛
与我一起相拥

除了我对你的情，我已一无所有
我展开我的双手舞动
在病床上锤炼我飞向你的翅膀
我欲迈开飞姿的跨步，旋动
修炼我腾空振翅的力量与美姿
今生是你在我的梦里为我刻下了游牧的好时光
那么就用我最后唱给你的歌声和对你最后的呼唤
引你再一次在我的梦里
一起去飞翔，去飞翔"

小李子吟诵完
大家泪雨滂沱
大家哽咽着，病房里很静，很静
一道晚霞射进来
灿烂了大家斑驳的泪脸

我认为《村支书日记之一百九十二》是一首展示了扶贫现场情感世界的深情诗篇。它描绘了老张这位扶贫书记在面临生命的终结时，对于村庄、村民深深的爱。

首先，诗人通过具体描绘老张面临病痛时对于扶贫事业的深深执着，将读者带入了老张的感情世界。老张将自己的身体形象地称作"是国家的、人民的"，这体现了他将个人生命与国家扶贫事业紧密相连的信念。他在病床上，面对生命的挑战，依然牵挂着乡村的未尽的扶贫项目，将未来的工作交托给他的同事们。

老张对于大叶村的深情厚意，是这首诗的感情核心。他称呼大叶村为"我的第二故乡"，是"我的灵魂再生的地方"。这个比喻充满了情感色彩，他到村子扶贫是他今生最大的荣幸。老张希望能在"与天堂最近的大草原上驰骋"，在"离海最近的我国沿海地区最发达的大都市去看东方明珠"，但最终，他还是会回到大叶村，用他的情感和力量去爱村庄，即使在病痛和死亡面前，也依然痴心不改。

诗中的老张形象象征了所有为了扶贫事业奋斗的人们。他们的执着、勇敢和献身精神，以及对于乡村和人民的深情厚谊，都在这首诗中得到了生动的体现。这首诗是一首具有深厚情感色彩和社会责任感的诗歌，对于理解扶贫工作和扶贫工作者的生活具有极其重要的价值。

此外，这首诗也展现了老张生命中的尊严和价值，他是一位勇敢面对生命挑战的人。他的生命力、他的坚韧不拔、他的对于生活的热爱和尊重，都在这首诗中得到了深深的体现。

这首诗的诗史价值在于它生动地描绘了扶贫工作者的生活和感情世界，展现了他们深情的爱国精神和对于社会责任的执着。它通过具体的人物和故事，让我们深深理解了扶贫工作者们的奉献精神和坚韧品质。它让我们看到了乡村振兴的艰巨任务以及扶贫工作的崇高使命，对于我们理解现代中国的乡村振兴事业具有深远的意义。

强调个人经验和主观性，以传达现代生活的复杂性和混乱，揭示人性的深层和矛盾，在诗人的写作中也有所体现。在《村支书日记之一百九十三》中，诗人以第一人称的角度，从微观和个体角度出发，通过对天上的月亮和星星的比喻，来传达他的孤独和无奈。这反映出在实施扶贫政策时，如何平衡各方，防止权力滥用，是一项重要的挑战。

《村支书日记之一百九十四》则通过季节的变换，暗示了生命的周期和爱的漫长旅程，"拥有时间就拥有生路"，进一步强调了个人的主观性和选择性，对生命和爱的理解，这可能暗示了在扶贫工作中，不仅需要解决物质生活问题，更需要关注人们的精神世界和情感需求，体现了现代主义的精神。

这本诗集是纪实同时也是虚构，我们不能将它全部看成某个村支书的扶贫日记，相当部分，是作者在生活中观察的综合，但无疑与一个又一个扶贫工作人员的亲历重合，因为，它们出自现实，是千千万万扶贫人的精神生活的写照。在理解和分析这些诗歌的"诗史"价值时，我们需要将它们视为扶贫历程中的见证和记录，同时，它们也是诗人在中国现代社会背景下探讨人与社会、人与自然、人与心灵的重要文本。

总的来说，这些诗歌既是历史的记录，又是文化的见证，同时也是诗人对人性和社会的独特理解和批判。这些诗歌以其艺术形式，反映了中国扶贫工作的实践。

然而，也需要注意到，像日记这样的第一手材料也有其局限性。作者可能会有主观性的偏见，可能会因为种种原因遗漏或者夸大某些事情。必须结合其他材料和研究，更深入的阅读将揭示出更深远的意义，那就是中国的乡村振兴战略。

乡村振兴不仅仅是经济发展和城市化进程的结果，更是一种文化和精神的复兴。希望通过诗歌，呈现出一个和谐、多元、可持续的乡村形象，提醒我们关注并珍视这些正在消失的文化遗产。我们期待更多这样的作品出现，它不仅仅是美学的，也是社会学的。阅读思考这些诗歌，启发了我们的想象，为我们提供了一种理解和思考乡村振兴的新视角。

　　杨克，编审、一级作家。现为中国作家协会主席团委员、中国诗歌学会会长。1985年出版第一本诗集《太阳鸟》，在人民文学出版社、江苏凤凰文艺出版社、中国工人出版社等出版《杨克的诗》《有关与无关》《我说出了风的形状》《我在一颗石榴里看见了我的祖国》《每一粒光子的轨迹》等13部中文诗集、4部散文随笔集和1本文集。在日本诗潮社、美国俄克拉赫马大学出版社、西班牙萨拉戈萨大学出版社和英国、埃及、韩国、蒙古、罗马尼亚等国出版了《杨克诗选》《地球苹果的两半》《我在一颗石榴里看见了我的祖国》等多种外语诗集，诗作共被译成17种外语。获得国内外文学奖十几种。

目 录

四 2017年2月3日—2018年2月16日

五 　2018年2月19日—2019年2月19日

六　2019年3月5日—2020年1月18日

九　2022年2月20日—2022年5月31日

一

2013年9月10日—2015年2月12日

　　村支书日记开始，时间拉回到2012年党的十八大召开前夕与习近平总书记2013年11月3日来到湘西十八洞村，与苗家人围坐一起畅谈家长里短，算扶贫细账……

村支书日记之一

（2013.9.10，星期二，多云转晴；癸巳蛇年八月初六，教师节）

半夜又有人敲我家的门
打开门，村中心校张甜甜老师冲进来
把我撞个趔趄，没等我站稳，急急地说
蔡鸢子又跑了，找了大半夜，不在家
也不在镇上网吧打游戏
找他奶奶，奶奶病了，说不出话，只摇头

哇呀！又是村里的这几个留守儿童
不是昨天那个跑了，就是今天这个走了
久了，最后来个信，说是跑广东妈妈那儿去了
我说，张老师，不急不急
鸢子尽管他妈妈不在了
兴许是跑贵州他爸爸那儿去了
明天我就安排人去寻找

张老师看着我，点着头
"嗯嗯"应着，抹着眼泪走了
我感叹一声
望着天上的星和月

天上那么多的星星，它们也都是留守儿童吗
月亮多像它们的妈妈，它们多想回到妈妈的怀抱
星星流泪了，打在我此时的脸上
浑身一激灵，深夜天空的确有点寒凉
我想明天又是一个不安的天

村支书日记之二

（2013.10.16，星期三，晴；癸巳蛇年九月十二，世界粮食日）

二癞子又赌博欠钱了
追债的找到了村委会
中午我把二癞子和讨债的叫到家里喝酒

酒过三巡，我说二癞子，你真以为
你一个孤儿就是天生有天养着你？
政府扶持了你十多年，一点长进都没有
整天游手好闲
还拿政府给你的低保金赌博！
政府天天为你一个人造钱吗？
还是醒醒吧
年纪轻轻，应该自力更生，找点正经营生
填饱肚子，不再伸手向政府要！

末了，我大声说
讨债的，二癞子欠多少？我给你
以后不允许你们支持二癞子赌博
到时追不到钱，别找我

我把他们两个鬼，醉晕过去了
这时太阳也晕在山头上打个盹儿
我站在村头
望着山上一条条蜿蜒盘旋而去的路
试问，山上扶贫的路有多长

村支书日记之三

（2013.11.3，星期日，晴；癸巳蛇年十月初一，寒衣节）

有人说，今天的太阳从西边出来了
习总书记来到了湘西
苗家黑瓦木楼前的一块平地上
和几个村民围在一起算细账
寻找扶贫的路子
接地气的总书记，灵光一闪
把准了脉，找出了方子
立即提出了"精准扶贫"的理念
扶贫策略由
"大水漫灌"转为"精准滴灌"

看完习总书记在湘西的新闻
我也仿佛听到一声春雷响
眼前亮光闪闪
兴奋得走出屋子
满村子大路小路地转悠
琢磨着精准扶贫的银针
即将扎进我们这个老是返贫的经络上
我们期望坳上那些干旱了的庄稼
马上得到精准的滴灌

村支书日记之四

（2013.12.25，星期三，雪；癸巳蛇年十一月二十三，圣诞节）

镇里开会，刚回
拉亮廊下路灯，嘘口气，再赏雪
寒夜，灯下，独赏屋前梅花
雪花仍在狂猛地漫天飘舞
我心不知归于何处
天空渺茫，大地白茫无边
都期待来日云破天开，接受阳光的指引
在天下寻找各自的归途

今天是我的生日
我母亲中午打电话数落我怎么不过生日
除了母亲，没有人记住我生的日子
来到世上，上下求索，人生自有得意
寻得开心，缘于发现、拥有
失落，萎靡，沮丧，缘于迷茫与失去
告别、离去、再见、永别
皆有悲伤与心痛
留下丝丝缕缕牵挂，如同没有深入泥土
在空中飘动的柳根

万世留名，风与骨同存
蝇营狗苟，富贵荣华
总是不经意随烟云而去
我已飘浮于险峻高处
飞越雪花，穿过云层，与星光同在

活着的光，如太阳
从天而下，赐予万物

死去的光，在地上，时常闪现如萤火
从地而上，化作星辰
交给月儿去垂悼，去默默守护

我愿如萤，做地上之微光一闪
我愿如雪，清白一身，彰显一时光芒
消融于天地之间

村支书日记之五

（2014.1.20，星期一，雨；癸巳蛇年腊月二十，大寒）

中央一号文件一声令下，精准扶贫
政策马上下到乡镇
今天乡政府紧急召开精准扶贫动员大会
说贫困户、低保户，五保户
要重新摸底，清理，核查
剔除假冒户
找回遗漏户，不下指标
据实考察整理材料登记造册上报审核

上面会议精神一传达
晚上二癫子与张寡妇在村头广场上打架
两人恶语对骂，孩子们也在模仿
张寡妇说二癫子有车子
二癫子说张寡妇城里有房子
我跑上去制止，说：
相骂打架解决不了问题
村里对各家各户都要据实调查
以事实为依据，对着标准
大家投票推出扶贫对象，交由上级政府核准

扶贫攻坚，一下进入了实质化
扶贫目标精细化，工作难度白热化
扶贫第一书记说
明天大家就要把工作精细铺开
我看到村前的道路突然明亮了
路两边的树突然挺直了
田野的庄稼突然对我肃然起敬了
山上的牛羊回头一望
看到我，它们突然全身为之一振

村支书日记之六

（2014.2.18，星期二，晴；甲午马年正月十九）

大地离不开太阳的照耀
生命总是在春天复苏
阳光牵动生命，指明生的方向
万物生机勃勃

用党建活动，第一书记
把我们村里的所有党员
都带到了十八洞村
让我们看十八洞村的路长啥模样
欲借此给我引开一条新思路

我们终于看到了十八洞村的路
原本像一条泥蛇，在泥泞里翻滚
在村民们致富的坚强决心爆发后
炸开成了一颗颗坚硬的小石子
铺盖在了泥泞的路上
接着村民们奋进的汗水迅速洒下来
一起搅拌着致富的智慧与技能
不断浇入热血沸腾的添加剂
一条一直陷入泥坑的死路
在高高的山上，终于活过来

如今，十八洞村的路四通八达
盘山接天
每一条路，都是活路
都是致富之路、幸福之路

村支书日记之七

（2014.2.24，星期一，晴；甲午马年正月二十五）

刚从十八洞村回来
村里接通山外的通山公路
最后一公里的水泥路就通了
县里马上号召我们栽种四棵树
一棵叫柑橘树，二棵叫油茶树
三棵叫茶叶树，四棵叫奈李树

四棵树一栽下
仿佛给明天的天空打下了四个桩顶
我们都期待在新开挖的山地上
打开致富的门路，长出新时代的叶子
结出脱贫的果子
收获一个个富裕起来了的新日子

我看着四棵树
看出了光亮
像四束阳光，从四面八方
射进我的又一个梦里

村支书日记之八

（2014.3.2，星期日，雨；甲午马年二月初二，龙头节）

今天是个好日子
二月二，龙抬头，剪发儿
我去镇上理了一个发，都说今天村支书这么年轻
像古屋里转出一个都市老帅哥
我抿嘴一笑
的确是到我应改头换面的时候了

我想我们都从远古而来
带着人类的希望负重前行
尽管艰难险阻，风雨雷电
但我们一往无前，从未退缩

岁月的古老已堆成古墙
古朴已涂成古色，古韵已走出古曲而流行
文明沉淀成音符，在放飞的旋律中驰骋
辽阔了遥远，辽阔了梦境
心出走，在远方游历，与云同行，与风相伴
心，累了，睡在雾都里，与露珠相拥

生命以各种形式转换，笼罩于天宇
它们在不断发声，表达心之所想
表达梦的气息
流水，浪花，树木，花草，碧海，潮汐
都是人世种种向上、向前奋发劲力的心态

生命聚合，解体，离散，生灭
都在云雨中，在烟云聚散的魔术中
沙漠、湖水、绿洲、雪山、高原

不断滋生天地异象
这时，我听到远处春雷炸响
看到了春雨过后，日光中的火焰
正举托着海市蜃楼，在演绎人间的变迁

村支书日记之九

（2014.3.21，星期五，雨；甲午马年二月二十一，春分，世界森林日）

填表，抄表，打电话
村委会像一个作战指挥室
这一个春天不再花前月下
我们从燕子衔泥开始
诠释一个巢的构想源于祖先传承的理念
爱心重叠的复制、粘贴，自挂于檐下
囊取风雨，岁月静好

我们从去年的桃林出发
拂袖端详花苞、芽叶
投射心之温暖
让桃花开放在我们即将离去的身影里
我们去天涯海角的礁岩上相拥
引鸥惊愕，齐鸣长天

我们不再拘泥于古老的田野山川，草地花香
带给我们的舒心、空阔、甜美
我们要去开阔新的视野
在荒漠捡拾鸟儿遗留的坚果
去与狼相遇，张开双臂学天鹰舞蹈
看看它们发出蓝光的眼睛
它们用搏杀觅食，用生命守护家园
爱，在无限辽阔中驰骋

我们在这一个春天
经历了春雪
爬过了雪山
化解了所有的冰心
种下了我们一生所有的承诺

村支书日记之十

（2014.4.1，星期二；甲午马年三月初二，愚人节）

县里开会，做笔记，传达会议精神
镇里研讨，提建议，讲难题，出主意
天天围绕太阳、月亮转
星星看着，合不了眼

今天好不容易静下来，呆坐在村头的桥头上
两只乌鸦飞过来，飞过来
从我的头顶飞过去，没有鸣叫，走了
两只黄雀飞过来，飞过来
从我的头顶飞过去，叽叽喳喳，走了
两只白鹭飞过来，飞过来
见我目瞪口呆，像菩萨
掉头，不吱声，飞向了远处的天空

河水哗哗流过来，流过来
从我的身边举着浪花，走了
风呼呼吹过来，吹过来
从我身边拍拍我的肩膀，走了
一群蚊子嗡嗡围过来，围过来
见我浑身冒气，像刚出锅的馒头
一惊，升到我的头顶，在天空盘旋

我没有回头
也没有望天
让它们去吧
我看到前面池塘边的一棵桃树开花了
旁边还有李树陪着一起开花
我走过去

突然，一只燕子撞到了我的后襟
从我的耳朵边喳的一声擦飞过去

这时，有小狗向我走来，有蜜蜂向我扑来
有蝴蝶绕着我在舞蹈
有一个莫名的幻影似对我微笑
我感觉被一个奇妙的世界层层包围
飘然飞升，不见了自己

村支书日记之十一

（2014.4.5，星期六，晴；甲午马年三月初六，清明节）

今天村里扶贫队的第一书记带来了县领导
说考察农田水利建设基本情况
研究探讨空心房拆除与改造事宜
我在前面带路
说要先绕老村的土地转一圈

废弃的小路粘着一条沟渠走
沟渠堆满垃圾，盛产蚊虫
等待一场大雨暴发洪水
冲刷出沟渠的嫩肉
让嫩肉里长出青草
美化伤痕
正如肠子割掉息肉等待长好黏膜

我们来到一座破败的老屋
墙上爬满的漏痕，已长出青苔
屋内空寂，布满蛛网
地上、家具与器皿上老鼠屎无规则布局
破解尘埃的封锁
墙上剥落倒挂下来的几张人物画
已收录了一个时代的历史
不忍心掉下过往的伤痛
神龛上没有神位
贴上的伟人画像完好无损
像在延安窑洞里对我们微笑
一股说不出的潮味使我们不忍走进里屋
我们退出来
转入一条小道走向一个小山冈

我们站在山冈上回顾一座座老屋
像村庄坏死的一个个老年斑

我决计要带他们去儿时的山林走走
让他们开阔望眼，构想一下村里整体的未来
村里借不到柴刀，我拿了一把菜刀
进山的路早被杂草灌木封锁
我用菜刀砍，用脚扫
边砍边扫，一脚一步挤开一条夹缝
让大家跟着我一起穿过去
衣服的盔甲留下了无数的擦痕

终于来到了山顶的一个草坪
这里窖藏了我儿时放牛娃伙伴们欢乐的童年
我们的童年用这里闲置的时间
陪伴着躺在山腰的先人们
一年又一年
度过他们世外的时光

大家登高一望
看到岁月偷走了先人们的脊骨
用月亮洒下烧化的银灰
凝结成一条钢索，正从山下的高速公路
拉上来一条光洁而坚硬的水泥路
绕缠在老村外的新村
大家眼前一亮
世界在此终于睁开了眼睛

村支书日记之十二

（2014.6.2，星期一，雨；甲午马年五月初五，端午节）

退休回家的老将军，龙师长
把部队给予的一次性补贴和一生所有的积蓄
都捐给了村里，创办了养殖场和矿泉水厂
今天是端午节，村委会置办了一点小礼物
准备送给他，略表心意
走进他家，不见将军
他老伴说他到山那边的那条河边上钓鱼去了
不管钓不钓得到鱼
他每天按时在那河边坐定十小时

这时，太阳正红着脸与左边的大山头接吻
他不管这些，全神贯注
眼珠如水中转动的鱼，青白组合
清水下，眼光如钓线，掉进去
钓动着鱼儿一直在转动
鱼儿也钓动着眼珠在转动
它们在不同的界限相互翻滚、转动着

时间渐渐流入静空
他在静空纹丝不动
浮标在水面上悠闲
丝毫没有沉下去的意思
在细细的水波上，做左旋右旋的游戏

鱼，越聚越多
盯着他
它们都想吞掉他
忽而，有鱼儿跃出水面，划过青白两光

又箭一样射入水里

待到日光已化作了金辉
一条闪着黄白之光的鲤鱼
一跃而起，箭射在他身边的草地上
蹦跶，又蹦跶
他仿佛惊醒
哈哈，伸手一抓
随鱼滚落水中

此时远处山上的寺庙里传来鼓声
先前庙里拥进去的善男信女
开始拥出来
庙里禅师，普度众生
众生度禅师

他，胜似禅师
正在度星月

村支书日记之十三

（2014.7.1，星期二，雨转晴；甲午马年六月初五，建党节，香港回归纪念日）

今天建党节，镇里刚搞完庆祝活动
突然接到电话
说我们村里那个九十多岁的老党员病故
红军长征时，他为红军烧过饭，挑过担
我心一惊，急忙拿着刚领到的锦旗往村里跑
一路上，想着想着，陷入了沉思

生命诞生与逝去都是庄严与绚烂的
如日出，如日落
霞光万道，漫染天际
因为都与血有关
一个生，宣布血的来路
一个死，宣布血的去路
一个血生，一个血止

血是光的源泉
生命是光可触的射线
生命传播血，传播光
以生的力量
开拓血流的渠道和光播的空间

每一朵花开
都开挖了血流的新巢
找到了血流新的方向
每一个叶片都是光的喷头
引导光播的渠道

我们分属不同的血统

都从血流中来，到光流中去
生命是活着的血流
是流动的光
人的一生，是把一腔热血
转化为一束光的过程

呜呼，我心，我血
祝老人一路好走
祝来生重放光明

村支书日记之十四

（2014.9.8，星期一，晴转多云；甲午马年八月十五，白露，中秋节）

今天，中秋节
深夜，村里刚开完会
落实了几个过去遗漏了需要增补的贫困户指标
我心释然
回家路上，我走进田野，躺在田埂上
枕着双手，望着圆圆的月亮

我不知今夜的月亮在想着什么
是在甜蜜里忧伤，还是在忧伤里甜蜜
她为了那么多人不再忧伤与等待
一直在坚持尽快让自己的内心表现得圆满
自己经历最大的痛
也要让世人看到圆满了的幸福与希望
坚持把温馨、期盼与美好带给人间

而今夜，月亮对我
只是我眼里的一包爱的种子
是时间寄来给我的包裹
是为了传送太阳曾遗漏给我的爱
让月亮今夜替我把爱散播给人间，种下温暖
种下亲情，种下美好，种下爱情
种下对明天的祝愿与最大的理想

夜，越来越深
夜色在掩埋月亮播下的所有的种子
星星种了亿万年也没种下去
在天空荒废，发了芽
只供炒一盘豆芽菜

填补我深夜在此时的饥饿

今夜，我想留下自己
学月亮，做一包种子
切断了所有牵挂与思念
装进夜的盒子
随风散播田野，种下去，埋进土里
以求今生圆满

村支书日记之十五

（2014.9.9，星期二，阴；甲午马年八月十六，毛主席逝世纪念日）

天没亮，就被镇里扶贫第一书记叫醒
接着镇党委书记、扶贫工作组组长打来电话
说县扶贫督察组马上下来督查
说省市主要领导和巡视组领导下午或明天
要下村来检查
要我马上动员大家做好迎检工作

东奔西跑，忙忙碌碌
饥肠辘辘一天，忘了吃饭
赶跑了时间，跑丢了太阳
最后捡到了月亮
月亮是一碗冷饭，吞吃了才填饱肚子

回家的路上，经过一片山林
走累了，坐在草地上
翻看手机
这才记起今天是毛主席逝世38周年
手机里满是纪念毛主席的视频和文章

每每想到毛主席，总是止不住眼泪流
毛主席他把一生全都献给了人民
他一生奋斗的宗旨就是全心全意为人民服务
让老百姓过上好日子
让国家强盛，人民幸福

毛主席是农民的儿子，成为人们的领袖
我也是农民，但成不了领袖
我只能做一株小草，做一片树叶

在自己的土壤里贡献一点绿色
在自己的岗位上撑开一片小小的天空
想着毛主席，不免伤感
看看天，望望树上的叶子，慢慢又陷入了沉思

看那一片片秋叶，从季节中走来
多像一个个酒杯，举向天空
它们从盛载春夏的甘露到秋天的琼浆玉液
我觉得那都是感恩上天的赐予而献给上天的颂词
如果今夜所有的叶子盛载的是美酒
那今夜正是万神纪念从凡间登仙的欢快时节

我想从一滴露水到酒的过程
那是人类从诞生演变自身到觉醒的开始
一杯酒，醉去了忘魂
清醒了忘魂留下的历史
与从此交接过来的来生
一杯酒，铺开了醉酒成仙的路

一片秋叶，裹着你我灵魂
它们金黄金黄，如天帝赐予的棺椁
在凄冷的时节等候，慢慢送入要去的世界
不久，一个个新的生命
将从另一个更美的世界一一走出

我将在生命重生的端口等你，我的同志或战友！
一阵秋风吹来，万叶飘零
摔碎了所有的酒杯
我看到你和你们眼里藏着
比碎了的酒杯洒在地上的酒还多的泪水
你和你们抹去眼泪，正一一向我走来

树上，所有的树上，又掉下一片片叶子
风在安抚
叶子在风的安抚中滚动着痛

此时的痛，是红色的
叶子滚到了地上，吹到了沟里
在水面上安静地躺下
慢慢，慢慢，沉入水底
风掠过水面，走了，又去安抚别的叶子

叶子掉下来，心有不甘
但纵使在树上千年
终归要掉下来
叶子掉下来，是叶子的痛
也是树的痛
树在无数的痛里，不断长出新叶子
叶子也在痛里，替树不断完善着生命

村支书日记之十六

（2014.10.1，星期三，晴；甲午马年九月初八，国庆节，国际音乐日）

今天国庆，镇里安排村支书放假三天
去参观高沙古镇
高沙古镇是位于湘西南雪峰山下的一个千年古镇
历史悠久，湘黔古道穿中而过
商道文明经汉代至今三千余年

我们来到古镇
取出墙缝的旧钥匙
已打不开你昔日的门
一把铜锁已萎缩了锁孔
只有青石板上的时光仍滞留古少女的模样

古巷上的街市比太阳起得早
曙光从历史记忆的深处拉出熙熙攘攘的人群
生活沿街开始喧哗
似有童年或前世的我，衣衫褴褛
瞪着一个面馆的门牌字眼儿笑得两眼放光

街角弹唱的老人，摘下墨镜
咬着孙递给他的馍馍停下来歇息
他和身边掐算八字的赖瞎子一样
在这个世界急切寻找阳光
琴弦上的音符是岁月与时光撞碎时
散落人间的记录

十八茅湾，是古巷的中心街
一个古城的繁华
已成为古墙上壁画的残影

各种牌匾，如已逝时间的眼睛
盯着一批一批新来的时光
青草与苔藓在街道两边
书写一条人间商道逃走的路线

古巷，时光切下的一块腊肉
与一根香肠
炕在永恒的时间里
让现代商业化的今天不断品尝它的古香
与新生的滋味

村支书日记之十七

（2014.10.17，星期五，多云；甲午马年九月二十四，国家首个扶贫日）

通过几个月的加班加点
全村的扶贫对象已搞准
扶贫手册已填好
各种扶贫材料上午已上报给了乡镇

今天是2014年10月17日
是国家首个"扶贫日"
我们村支两委的工作
也正好进入又一个新的节点
有了过硬的细账，有了精准的目标
我们扶贫攻坚有了新的航向

贷款张三开矿厂
扶持李四办农场
帮助王二搞种养
成立老弱病残护理队
村里合作社入股分红兴办竹木加工厂

我站在村级活动中心的广场
突然感觉全身脉络畅通，心旷神怡
赏心悦目，天高云翔
狗在叫，鸡在鸣
一只鸟划掠天空，歌声嘹亮

村支书日记之十八

（2014.10.20，星期一，晴；甲午马年九月二十七）

今夜，月光下，好寂寥
由于白天太阳光明磊落地一照耀
一下，原来许多的东西
都走失了

今天去县城落实一个项目指标
村妇联主任
因为受不了县里干部的一句无意的调侃
只身打的回家了
指标悬在月亮的桂花树上
最后剩下第一书记在桂花树下
无趣地打手机和我聊天

那县干部也真是的
怎么能和陌生人随便开玩笑？
他不知道城里高高在上的傲慢
比不上村里的压水井有喷力
从压水井里强压上来的每一滴水
都涵盖了所有生命艰难活着的生命力

村支两委，早研究做了决议
村里的新规划与发展纲要所选定的模式
必须要紧跟新的弦线与指挥棒
我们现在奋斗的目标是艰苦奋斗奔小康
然后全面实现小康社会，最后达到全民共同富裕
从而实现中国特色社会主义所要达到的
民族复兴、人民幸福、国富民强的伟大中国梦

项目扶持是神仙赐予的灵丹妙药
我们村必须创立娃娃鱼、穿山甲等新型养殖场
让山水返回原始本质，重现土地所固有的本能
我想把一个新时代家园的构想与蓝图
做成一个袖珍枕头
放在随时袭来的梦中欣赏

村支书日记之十九

（2014.10.23，星期四，晴；甲午马年九月三十，霜降）

今天，又是一个难以忘怀的日子
七奶奶，一个孤寡老人昨天死了
我和村里班子成员按照县里治丧的"三个三"原则
就着下午不下雨的空档，安排劳力
把她送上了山

人死一抔黄土
新鲜的黄土溢出黄土的暗香
时钟敲开时令
把秋最后的香囊打开
放出的香味儿
让我们看到从夏里老去的春
在秋里仍风韵犹存，芳香四溢

其实春，一直在夏里怀孕生崽
在秋里慢慢变老
最后与儿孙们挥泪告别
蹋步走向冬
冬，是春最后的归宿

桂花，是一个老人最纯朴的心
挺住岁月迟暮的微寒
怒放在秋最纯净的天空
抚慰天下所有劳累了的人与生命

秋，是一个陷阱
是一个带有旋涡的句号
收获截至夏的边缘

我们在夏与秋的交界处
交易成果

秋，交付了所有
只留下空洞的自己
它以外表的华丽引你走向虚无
金黄的叶子，那是黄金的幻影
真实的财富与每一块金币
都藏在脚印里

跨过秋
从虚幻中走出来
不在虚空的幻影中陷落
秋，是埋葬一切虚荣的壕沟
雪花与寒流，扬起舟舶之帆
引渡我们漂流到下一春

孤独属于忍者，属于梦想不灭的人
秋无以释怀，总是把孤独渲染
衍生出神秘莫测的虚、寒、空
达到生命无法企及的意境
如星，如月
让我们看到一个顿悟者解脱尘缘
撒手人寰的气节与风骨

我独立寒秋
让心置于刀片与割舍之间

村支书日记之二十

（2014.11.22，星期六，雨夹雪；甲午马年十月初一，小雪）

这次又要去外地考察
县里安排了贫困村的二十个村支书
留下村支部副书记主持工作

我走了，我把我的心留下
交给稻草人
稻草人是我的替身
留下他替我看护庄稼
对抗那些偷鸡摸狗的老鼠，麻雀，野猪
一切侵犯庄稼的动物
都属于我授权让它监控的死对头

我走了，我离开这块土地
我不会一去不复返
我留下我的替身
只是暂时守护这块土地
我离开这个总是那么穷的世界
是为了找到一个从穷里富起来的新世界
用一种路子，一种窍门
美美地把富得美美的新世界带回来

让我临行喝一壶老酒吧
一壶老酒，是月亮上河流的发源地
它灌溉着人间的乡愁
从祖先一个个兴衰的远古时代流来
浸润着农耕文明的代代传承与发展
也滋养了伟大新时代文明的崛起与复兴

一壶老酒
是乡思，是恋情
是思念，是情怀
从爷爷的酒杯传到了我的酒杯
正在孙辈孤独的月色下痛饮
或含泪小酌

一壶老酒
酌动了一曲饱经沧桑的恋歌
穿过星夜与我的梦乡
星星举起了所有的酒杯，邀月
与我同饮

村支书日记之二十一

（2014.12.2，星期二，雨转晴；甲午马年十月十一，废除奴隶制国际日）

通过到外面考察学习
的确明白了许多道理
懂得扶贫工作不是一蹴而就的事
需要实事求是，要有自己的思想，因地制宜
开动脑筋，想出适合自己切实可行的办法

石头不能动
说明它很成熟
它很有思想
我能动，像在飞
说明我轻浮，还在探索寻觅
对自己还下不出结论

一株小草，一棵树
说明它们有立场有主张
稻禾以上的庄稼，都是在坚持真理
土地之下，水域之下
无数潜伏的无名种族
它们在探索生命的源头与深度

太空是虚拟的一种判断
天空只是我们用于呼吸的口罩
不要以为我们是世界的起点
当我们隔开与尘世的距离，梦游于月亮之上
才知晓，我们原本都是太空飘浮之物

一粒尘埃属于谁？属于陈旧的思想
我们说世上有神仙

那都是些捉摸不定的概念
月亮提着灯笼捉迷藏
一颗星星躲在一颗星星的背面
我们需要对无数不明的东西进行注解与定义

夜色是先人攻打世界残留下的炮灰
尘烟已散
一个空间破入另一个空间
陨石是子弹壳
提示宇宙之外还有新大陆
需要我们去攻克去探险，更新观念，突破出来
扶贫，重任在肩
我们需要用科学的思想攻坚克难
取长补短，利用优势，启动能源，突破瓶颈

村支书日记之二十二

（2015.1.4，星期日，雨；甲午马年十一月十四，黑人节）

扶贫是前所未有的创造
是创作，是交给党和人民的作品
这需要我们的智慧和勇气
需要我们敢作敢当敢干的精神和决心
时光荏苒，不断剪裁我们，出作品

我们本身就是时光的作品
时光不断裁剪我们成作品
许多美都需要光的裁剪
譬如，你的美，刚刚好
像日出的光晕
是从我的心射出的两道眼光
剪裁而成的

生命陷入时光的循环
每一种生命存在的形式
都是时光剪裁的作品
活着需要一个好的心态
需要有一种坚定的意志去坚守一件工作
时光才能为我们剪出一时的精彩

人生有许多无奈与不可能
这需要我们的明智
譬如，我知道你的去向
但我今生无法抵达你的去处
那我不必去车站买与你同程的车票
我们在这个世界向太多的人挥手
却只能与极少的人相聚

时光无法把我和你剪裁到一起

时光不断裁剪着人间万物
就像裁剪一棵棵树
我就像一张变幻着颜色的纸
时光剪裁我，我也剪裁出时光的模样
不要让时光随便把我当玩具
而要让时光把我当它最得意的作品

村支书日记之二十三

（2015.2.12，星期四，晴；甲午马年腊月二十四，小年）

快过年了
上面领导都过问贫困户的年货办得怎么样了
镇党委廖书记打来电话
说要我陪他和我们村的五保户老张过小年
了解一下他灶膛上有没有过年的东西

乡下，灶房的天空
是历史形成的天空
是农耕腊食文明传承的地方
为了日子的美好
日子过得有滋有味，滋味长久
老百姓总是把日子炕腊
把煮熟的生活腌制风干
把一个冬天燃烧成一个暖和的灶房

每到腊月过年，一家人围坐一起
用热情干杯
述说生活的肥实与日子熟了的味道
灶房的天空，布满了油水
一滴滴，滴落
油腻了一个渐渐充满富态的时代

好在这个工作我早做到位了
村里早给五保户老张送过去了五十斤猪肉
还有三条大草鱼
都挂在了灶膛的炕上
还送去了一拖拉机灶膛里烧的柴火

天将黑
廖书记在县里开完会
马上带着秘书急急赶来了
他们提了两块猪肉，一袋大米
还有一大袋瓜子糖果
远远，叫上我的名字
林老汉，快点！带路

好！走起
这样，我们一路沿着小道
向后山爬摸着，走去

二

2015年2月19日—2016年1月17日

　　鱼儿跃出水面，躺在草坪上。这时，有鸟儿要摇树枝在歌唱……

村支书日记之二十四

（2015.2.19，星期四，阴；乙未羊年正月初一，春节）

每年春节，所有的河流又一次涨潮
所有的鱼儿又一次洄游
你从一条弯弯曲曲的小溪游回
回乡感恩乡亲，回家感受母温

鱼儿在外游历了大江大河
眼睛愈加光亮
鱼儿在外吃多了西洋大餐
身体愈显富态
在家的暖窝里过大年
大鱼吐珍珠，小鱼吐金砂
话题的唾沫在老人懵懂的思绪里编结梦幻

昨夜除夕，快半夜了才从村委会赶回
电视里，仍然是赵本山卖拐
妻子说我是不是被赵本山拐卖了
我说，我哪有那么笨啊
不说俏皮话了，老婆，快来，一起干！
咱俩今晚还是拐卖年夜饭吧

老人们看电视，孩子们放烟花
我帮妻子一起做年夜饭
零点钟声敲响，电视里、家里家外
在一片呐喊声中欢腾
烟花爆竹炸响天宇，鲜艳了天空
整个山村田野，成了天上街市

天上人间的美日子已开始

慢慢进入乡下人的梦里
我刚打了一个盹，就又被爆竹声惊醒
不到早上五点，我把大家都叫起来
等母亲敬了神，一家人就开开心心吃年夜饭

吃过年夜饭，大家开始忙着拜年
串东家走西家
在一片欢乐祥和的祝福声中忙活
像一江春水在欢腾

汛期不到一周
春潮渐退
家，又一次变得空静

村支书日记之二十五

（2015.3.5，星期四，晴；乙未羊年正月十五，元宵节）

新年，新世界，今天元宵节
乡下人的春节总算过完了
新年伊始，我们重新打开一扇门
所有的生命探头走出来
又开始重新发声

春天，是一个发声的舞台
所有的生命都爆开了自己的嘴
夏天大家都在使用扩音器
像一片片伸展开来的叶子
秋天检验发声的效果
像一个个被声音吹大的果实
冬天，所有的发声，一一落下
像一场场大雪

这一个新年，我像被拉进一个陌生群
我不敢发声
他们都在静默，等待第一个发声者
我担心自己一旦发声
所有发声跟随而来，把这个群炸开
让所有的声音一下消散
然后谁也听不到谁的声音
我们要学会像鸟儿，按季节顺序发声

我已老，已近腐朽
春天属于年轻的生命，属于所有新生命
让他们多发声，让世界多听到新的声音
多听到前所未有的惊雷

旧世界刚刚走远
一个新的世界在一片欢呼声里
捧出一轮又一轮新的太阳
将竭力照亮我们的每一个新的日子

村支书日记之二十六

（2015.3.6，星期五，晴；乙未羊年正月十六，惊蛰）

今天在镇上刚开完会
出来在田地里走一走

风，又一次在测量春的体温
杨柳静静把脉春的预产期
一种蛰动在地心震惊
隐隐从根茎叶脉透出土层
山山水水，一阵激灵
云蒸霞蔚

我看到翅膀划动在天的羽影
雪，控不住人间的白
隐匿于青山，草丛
春江，红掌，清波
破解土地的瘀结
所有的毛孔扩开，吐纳天地之神气

我徜徉于竹林
鸟鸣滴进我的心脉
一阵牛的哞哞长鸣，震惊山谷
惊醒的蛙鸣从山下隐隐传来
笋尖刺痛脚板
所有的芽尖，如万箭齐发
瞄向蓝天

我躺卧于河边草坪
陷入冥想
突觉一片改天换地的呐喊

把我托起
似箭，迎着日光
射去

村支书日记之二十七

（2015.3.8，星期日，雪；乙未羊年正月十八，妇女节）

一年一世界
旧一年过去，新一年过来
只是太阳给地球剃了个头
地球的头剃不干净，到处长着癣斑
刮了几下，就下雪了
冬天没下完，春天接着下
把地球的头清理干净，农民好耕种

太阳剃光月亮的头，头发一直不长
火烙了一样，留下一些戒疤在发光
像个尼姑，静静地参禅
时长时消的尘缘
变幻着自己的原形

站在江边，我今与白鹭齐飞
江风似冰刀，意欲刮落助飞之云羽
江水，清波潺潺，有姑娘在浣洗衣裳
通红的脸颊映在河面上，像彩虹荡漾在水中
录下视频，在孤鹜的鸣叫声里制作成抖音
这时，一群白鹅从岸上飞落下来
惊动了已录完的抖音

隔着水波流动的语言
一种声音活在水里，像姑娘的笑声
一种声音活在空气里
犹如我的生命

一边在流走，一边在飞升

细细的雪花，一直在飘
飘落我飞升的衣襟

村支书日记之二十八

（2015.4.5，星期日，雨转晴；乙未羊年二月十七，清明节）

每年都清明，今年，又清明
每到清明节，给父亲扫墓
想着父亲，我就在泪眼模糊中陷入沉思
父亲是新中国成立以来，我村第一个支部书记
由于劳累，英年早逝

父亲喜欢戴着斗笠背着蓑衣
坐在田埂上
把四月与村庄和庄稼坐成谚语
塑一个思想者的形象
掐算日子，把季节安排妥当
喜欢在清冷的夜晚，捕捉春天暗动的翅膀

用月光割下露草，喂养星星
喜欢惊蛰的时刻制造几场小雨
惊动蛙声，泄露季节的秘密
喜欢五谷六畜随心所欲地生长
不拥挤，不声张，不争风吃醋
在自己的时令里，顺应天命

清明，到了草木相认的季节
水里的月亮越煮越圆
远去的祖先，像昔日割走的稻禾
闪烁在若隐若现的时空
我们需要走近朝拜
父亲立于田野之间
如同一棵接管季节的麦子
微不足道，又必不可少

只希望每天被太阳照耀
被阳光宠爱，被风扶着
向土地致敬
向大地跪表虔诚

田野，麦子走了，稻禾走来
日子，开始放慢脚步
父亲总喜欢扛着锄头
从青绿的稻田转一圈回来
蹲在房屋的一角
看一只蜗牛，禅坐于阴湿处
产卵、食菜叶、播放低沉的音符
背负经书，缓慢地向上爬，向下爬
黏液的痕迹，如一条条白色的隐痛
悬挂于空，最终返回自己

世界上许多生命都很微小
像一只蜗牛，彻底的身无长物
只要一个壳，就能收拢乾坤
打开，又是下一个季节
乘上新燕的翅膀，飞入燥热的世界
我的父亲也是这微小生命的一分子
他也要向季节深处进发
季节安详的声音淋湿了乡间小道
淋湿了父亲的脚步
季节暗藏机密，避开父亲，循序渐进

暑气袭来，熏干了田垄
一个个太阳把镰刀锻得白亮
钢口射出的刀光扫去了所有的稻禾
那些被禾苗带走的光
现在纷纷从黄瓜葫芦栀子花中间挤出来
沿着村庄的身体奔跑

人世辽阔而狭窄

疲惫的父亲靠着草垛
自己被自己所迷惑
他一边打量天空的脸
一边把沉默打扮成果实的模样
看自己是不是季节结出的真正的果

季节冗长，岁月艰辛
一坎一季节，一节一岁月
爬一坎，拔一节，生命在耗损
父亲从桃花梨花油菜花荞麦花稻花香中
刚挺过来
还没闻到菊香就倒下了
倒成田垄边上的一抔土

在上苍的眼里
我们无非是偶然地存活
有与没有，都要交给尘土
没有与有，都要化作乌有
在一片静里，祭奠静默的天空

村支书日记之二十九

（2015.4.8，星期三，多云转晴；乙未羊年二月二十）

春耕在即，春暖花开
茶园青芽暴长
为了搞好我村的新茶园基地生产
新上任的第一书记
带领我们村支两委再访茶铺知青茶场
茶铺知青茶场曾是知青农场
原名茶铺茶场
历史悠久，自古产贡茶
是全省茶叶生产示范基地

我们循着新年的新阳光
一路采访历史的记忆
这里曾是一片知青的热土
这里的每一棵茶树都仍然生长知青的青春
这里的毛尖童女、铁观音、茶铺玉芽
都会在滚烫的热水里
转动永不消逝的春光
让人品出当年知青情怀与知青精神
一品茶铺茶，时光吐风华

我们向这块热土致敬
用它采摘不完的阳光与青春
去不断充盈现代生活的品位与美好

村支书日记之三十

（2015.4.20，星期一，雨；乙未羊年三月初二，谷雨）

昨夜下了一夜的暴雨
今天，仍然细雨绵绵
桃花，梨花，李花，油菜花已落
青果挂满田园山庄
春深处，布谷鸟在叫
叫累了，杜鹃花开
在这缠绵的雨中，春天一定有喜
生命在红晕中期待又一次妊娠

今天，似乎一切都好
在各家各户转了一圈
看到家家户户的谷种都发芽了
心里很高兴
可突然一阵冷风吹来
顿觉头晕目眩
走在山路上，脚已不听使唤
跌跌撞撞

我竭力撑着伞，晃晃悠悠往山下走
天色近晚，仿佛看到江边无数溪流纷纷涌至
江浪翻滚，夜色与江浪搅和一起
如一股股黑潮，在江面奔涌向前
看来今春的汛期
比往年来得更早更猛烈一些
我猛然一晃，不知摔在了哪里

恍惚中，好像有一群人在江里
他们像一群白鹅，拼命地击浪前行

这时月亮掉落江心
像一个救生圈
我拼力游过去，把手伸向月亮
可江水一浪高过一浪
一次一次把我冲走，一次一次把我淹没
我看到无数僵尸，都正在从我身边沉落

我离月亮越来越远
慢慢疲惫
慢慢无力地沉陷
慢慢，失去知觉
微弱的呼吸
从潮水里冒出一个个泡
泡，在天空飘着
飘着，飘着
带着我进入了天堂

当我从大家的呼喊与吵闹声中
惊醒
突然发现，我躺在医院白白的病床上
啊！原来天堂，白白的
只是我睡的一张白光闪亮的病床

村支书日记之三十一

（2015.5.4，星期一，晴；乙未羊年三月十六，青年节）

今天上午与镇里组织委员、扶贫队领导
一起带着预备党员在党旗下宣誓
然后合影留念，接着参观了隔壁渣坪村
回乡创业的新党员小李子的竹木加工厂
而后我请假跑医院拔牙去了

时光，如白驹过隙
一晃，我已不再是青年
岁月与时间狼狈为奸，策划了好几年
今天终于合伙拔掉了我这颗让我痛了六年的牙
为了便于隐藏它们的阴谋
逼我拔掉的是一颗藏得深的臼齿
如果不是拔掉一颗牙
而是拔掉了我们贫困村贫困的根
那我会觉得一点都不痛

十年前，岁月与时间不管我
自然脱落了我的另一颗臼齿
那颗牙突然开始痛得要命
牙龈红肿，找不到原因
有人说是牙齿起火了
需要高度酒精灭火
我听了，不起作用，越灭越有火
我忍着痛，不予理睬
痛着痛着，不痛了

再过了一年两年，第二次又痛
不予理睬

不痛了，一摸，牙齿有点松动
第三次又痛，不予理睬
又不痛了，一摸，牙齿可以摇动
咀嚼不再起作用

第四次又痛
两天不到，就不痛了
牙根牵着一丝牙龈，左右晃动
晃着，晃着，不到一个星期，就晃出了牙床
倒在牙床边上躺着
我用两个指头夹住，拿出来，放书桌上
硬硬的，俨然一颗钻钉
我就像提前看到了我死去后躺着的自己

一颗牙齿就这样跳出了我的身体
离开了我的所有组织
我把它洗净，装进一个盒子，留作纪念
现在我的生命还在
只是我的生命少了一个过命的成员
为了我在人世活命，它为我披荆斩棘
它全身充满了力气与正气
为了减除我在人世的痛苦
它宁愿先牺牲了自己

少了一颗牙，又少了一颗牙
慢慢就少了我生命着力的能力
少了我生命坚韧不拔的勇气
少了我一个人活着的硬气
岁月与时间，总是从生命的最坚硬处
慢慢摧毁我生命的全部

村支书日记之三十二

（2015.5.31，星期日，晴转多云；乙未羊年四月十四，世界无烟日）

尽管昨晚又睡迟了
一起床，点了一支烟，突然精神起来
走出门一看，天气很晴朗，像一片净空

今天，的确是个好天气，我想我该插中稻秧了
我育了五亩田的中稻谷种
一半籼稻，一半宜香优稻
我想买一台小型插秧机，目的还没实现
近几天上面老是来人检查村里扶贫工作
我只好请人插秧去了

扶贫工作就像育秧到禾苗生长
急不来，工作得细细地，慢慢地坚持去做
贫困户总有扶起来的时候
许多愿望或欲望，明明看起来是不能实现的
有时一夜醒来就实现了
正如，我们看不到一朵花怎么开放
叶子怎么长出来，虫子又怎么长大
恰恰是在我们离开它们不见的一刹那
花开了，叶子长出来了，虫子长大了

就像我的孙女儿，生出来那么小
一天天抱着，时时看着、盯着
看不到她长一点点
一天，一天，天数多了
稍不注意，一眨眼间，突然就觉得长大了许多
就像春天的竹笋一样
白天看不到它长高、长大

一夜之间，我们没守着它
第二天突然一下长那么高大了

如果我们永远盯着一个东西，不放松
不眨眼地守着它，世界就很难看到变化
因为盯着的事物，没有自由的环境
它害怕改变，更害怕改变错了
都盯着一个东西，不去想别的事情
不去管别的工作，这怎么行
不要死死地盯着，放松有度
才能自由发展

村支书日记之三十三

（2015.6.6，星期六，晴；乙未羊年四月二十，芒种，全国爱眼日）

为了响应中央一号文件号召
大家不荒田不荒地
今年全村麦子种植面积比上年增加了两倍

麦子很快就要熟了
收割好麦子就该种晚稻了
当农民的累了一阵，又一阵
好在现在有了收割机，多了一些轻松
感觉不出怎么累

季节都赶在风里
风，驮着季节走
累了，靠在树下
睡在树叶子上，躺在草丛里
抑或在微微的水波里荡秋千

季节就像一个孕产妇
一年有四胎
每一胎生产时不是暴风骤雨，电闪雷鸣
就是大雪纷飞，寒风刺骨

产后，静下来
大地不是草木葱绿，鸟语花香
就是青山绿水，硕果累累
或，已是满目疮痍，落叶飘零

风与季节是一对恩爱夫妻
他们恩恩爱爱，从不分离

一旦风死了，季节枯萎，土地干裂
季节的枯骨，在沙漠的深处仍啃着风的影子

我不是风，我在风里被驮着，也有四季
我为风爱了一生，为风坚守
留下一片天地，最后被另一阵风吹走
化为乌有，人生就如此了了

村支书日记之三十四

（2015.6.22，星期一，晴；乙未羊年五月初七，夏至）

一个支部书记，官不大
事情却千头万绪，有做不完的事
常常早出晚归，风餐露宿
天天赶着夜头夜尾，在夜色里穿行
对夜，我不免有一种特殊的感受
每当夜色来临，总喜欢望着夜色
进入冥想

今晚，我又一次醉了
摸着夜色跟跄在山道上
左拐右拐，脚飘飘的，如在云上
夜色重重把我包围
田野中的蛙在呼喊：别醉，别醉
千万不要又摔倒在河里

一个跟跄，我摔倒在了草地上
我眼睛瞪着月亮吐着粗气
夜色，似洗衣粉倾入
月光如水，搅和着
让月光变得皎白皎白
夜，这个天衣无缝的超大容量洗衣机
静静地洗涤所有被装进了夜的东西
我仿佛感觉到自己已旋入了这个巨大的容器里
在不停地，转啊，转啊，转

星星，是一个个高速旋转的钻头
要把夜钻空
一下就把夜被钻出了一个个洞

夜色随月光迅速流走
我多么希望星星也把我的肚子钻个洞
让肚里撑得直冒恶气的东西流走

我不知在草地上睡了多久
突然一阵呕吐，睁开眼
一下变得清醒，抬头一看
夜，这个大怪物
一下，像魔兽一样逃走

太阳肯定喝了早酒
红着脸跟跄走出来
似在笑我酒量不行

村支书日记之三十五

（2015.7.1，星期三，阴雨；乙未羊年五月十六，香港回归纪念日）

今天村里老王走失多年的女儿回来了
为了感谢派出所，举家并亲朋好友一起庆贺
大家都高兴，喝了酒，话都多
面对人生悲欢离合，历经艰难困苦走过
人人都有故事，人人都需要找时间找机会倾诉

我们看到的小溪、河道
其实是一条条泪腺
它们的分布都是情感内流的倾向
痛苦留痕，深不可化
我们不怪一场雨，让伤口剥开血印
历史的裂痕，需要淤泥填塞
如时间的焊锡，不忍岁月有漏隙
太阳只是一个焊头，月亮只是一个焊疤

各种承载与欢乐，都在痛苦之上
小溪边的花，河岸上的草
山上的树，田野的庄稼
都在痛里长出，都在表达心中的热爱
竹根盘节，树根深远
抓住与放弃，纠结理念的高深与存储
心的走向在泥土之上，天空之下
梦，是从天外反射回的影像
引发我们破天的狂想

土地，只是一个界面，沉沦或飞升
是翅膀与羽毛的合作与选择
我们本属无物

心染尘念，爱惹尘埃
智慧与思想，一直在切割心魔
探求佛与禅的通道
自我解救与超脱，更新时空
回归生命自由的本体

村支书日记之三十六

（2015.7.7，星期二，晴；乙未羊年五月二十二，小暑，"七七事变"纪念日）

针对村里还有少数人荒了土地
我特别生气
今天就让我们一起来认真思考一下土地
面对土地，过去我们都感到土地特别神圣
自古保护土地就是保护国家和人民以及其尊严
土地生万物，万物让我生
面朝黄土背朝天，苦中长大的人
谁不知道土地的珍贵

过去没有杂交水稻，肚子总是填不饱
很少吃到白米饭
所以小时候我与红薯萝卜糠粑的感情
胜过麻雀与稻谷的感情
这种感情，一直在村里老人的心中似电影一样放映
让我刻骨铭心

为了与麻雀争夺粮食
田野里到处放着稻草人
可那些稻草人怎么也吓不死麻雀
麻雀总算挺过那饥饿的年代，活过来
现在活得潇潇洒洒，种族兴旺，还被国家保护起来
为了不饿，我们与生产队队长斗智斗勇
生产队队长怎么也吓不死我们，我们为肚子抢得了粮食
挺过了饥饿的年代，如今活得洋洋气气
显出一身小康阔佬气
马上又要步入一个全民富足的时代
人人都有自己可实现的梦想

你说眼前的这块地，经历了多少年代
它为多少肚子的饥肠辘辘倾尽了所有
才把肚子平叛安定，延续生机
让一个个日子平安过下来，终于有了今日
过好日子，不容易
吃了一顿，还要考虑下顿怎么吃
今天吃好了，还要琢磨明天吃什么
除了吃，还要考虑吃了应该做什么
今天做了，还要考虑明天怎么做才好

为了过好日子，一块土地
总有承担不完的责任
攻城略地，保家卫国，寸土必争
都是为了争得土地，守护土地
即使亩产千斤，在水稻下乘凉
土地永远满足不了肚子的愿望
因为肚子吃得再饱总是会有饿的时候

我望着眼前的块块土地，无论是白天黑夜
它们总是敞开胸怀，总是望着天空，为我们祈祷
一次，又一次，为了松口气
它们在做着深呼吸

村支书日记之三十七

（2015.8.8，星期六，雨；乙未羊年六月二十四，立秋，火把节）

今天立秋，夏还在上班中
等到晚上零点，夏一下班
就轮到秋上班了

夏和时钟，一起
正赶在快要下班的路上
这时遇上了汗流浃背的我
我是夏蒸煮的红烧肉
还不全熟，但香气四溢
路上行人的口水灌满了身边的一条小河
天边的那抹红霞，洒下来
像辣椒粉，成了眼下一锅红烧肉的佐料

今晚月亮去哪儿了
星星是她的一群孙儿们
眼睛亮晶晶地等着她的到来
月亮今晚最后一次为夏值班
半夜里，她将带她的那群赤条条的孙儿们
分享夏这份最后的晚餐

零点一到
夏立即下班
还未来得及吃完最后一锅红烧肉
秋就到了
秋，吃完夏剩下的红烧肉
就立即从露水里
舀出一锅先前夏上班时下好的饺子，填肚子
秋一吃到肚子里，就立即觉得肚子

冰冷，冰冷

大地的桌面上，整个田垄，大碟，小碟
都是秋爱吃的早点
池塘盛的那钵早已熬熟的光屁股泥鳅
是夏辞别秋敬献出的最拿手的好菜
秋馋涎，刚要动筷
红光一闪，一盘羊肉火锅端上来
秋，这时在天边刷白了眼

季节里最丰盛的美味
都在乡下民间，在秋的餐桌上
我今天拿出夏昨天为我蒸好的一缸红烧酒
邀来三四好友，陪着温顺的秋
一起饕餮起来

村支书日记之三十八

（2015.8.15，星期六，雨；乙未羊年七月初二，日本投降纪念日）

今天省里下来人考察耕地情况
现在耕地管理混乱，我们都心知肚明
这个不好掩饰，也不好回假报

我认为土地绝不能践踏，国法不容
面对现在农村国土管理的乱象
我们应该呼吁保护耕地，保护田野
耕地永远是我们的最后依靠
田野永远是我们的精神家园
是梦开始的地方

记得儿时一块一块的田野
像妹妹梦里的饼干
一块块掉在地上，好香好香
田野边上的小溪，正如妹妹嘴角流出的梦口水
记得我带妹妹扯猪草，妹妹却拉我捉蜜蜂
蜜蜂捉了一瓶子，猎草没扯到一点儿
回到家里，被父亲怒目而视，痛打一顿

田野期待的幸福是多长出些稻穗
年年割了，年年有
田野上去不了的烦忧就是到处都有的杂草
天天割，天天长，无论幸福与烦忧
总弥漫着我梦的奇幻与美好
面对如今的田野
我看到的是一块块流脓的疥疮和癣斑
那些乱建违建的洋楼，如洋钉，深深刺痛土地深处的心
我作为一个村支部书记，无能为力，且深感痛心

一块块患有白癜风症的土地，呼唤专家会诊，诊治

人心不古，牛的哞叫声
已赶走了老人们远去的背影
儿时村庄的残垣断瓦
已成了布满我脸上的老年斑
田野苍黄，像一块
城里人丢掉的，潮润发霉的洋烙饼

村支书日记之三十九

（2015.9.12，星期六，阴；乙未羊年七月三十，世界急救日）

我们在现代文明的进程中
急需弘扬传播发展传统文化
尤其是乡村，除了看电视
几乎文化荒废
许多东西需要继续拿出来发挥作用
譬如，在跳好广场舞的同时
也要吹拉弹唱
木偶戏，皮影戏，花鼓戏
也需要擦去灰尘，闪亮登场
让更多的民间文化传统元素走出来
晒太阳，去霉味

不要让我们的村庄像一个失去爱的人
因为一个失去爱的人，心沉寂如琴
长年搁置在房间，没有人弹拨了
爱就落如灰尘，情就止如枯草
音符葬于琴键里
时间总是让许多东西推之于角
屏蔽于视野之外，隐于暗处
镜子找不到光，照不见自己的主人
让痛苦如尘埃飞动
在雨后附于一颗受伤的芽孢
如膏药，不断在修复再生者的伤口
这样的日子怎么能继续

我们应该静下来思考我们的乡村
就像让日子定期静下来一样
清点一些东西，整理一些物品

重新安置，再次摆放
该亮出来的，一定尽快亮出
让我们在日子的光里走动
黑，是我们从光里滑下去的深渊
我们要摈黑走光
碗口大的日子，让我们吃在碗里
看到黑觊觎在身边

太阳是盛满日子的一口大碗
它的光引诱我们前行
时间是一艘船
我突然看到人的影子，如帆
一起着力
驶向光明美好的日子

村支书日记之四十

（2015.9.16，星期三，晴；乙未羊年八月初四，国际臭氧层保护日）

现在村里垃圾遍地，到处乱堆，四处焚烧
整治农村卫生，迫在眉睫
关于农村环保工作，我们在镇里开了多次会议
由于资金问题，一直难以落实

生命从岁月中走过
总会有阻挠，拦截
总有危险在伺机阻击，狙杀
或阻挠前行，或阻止通过
时刻施行危害，让我们心里难过

我小时候曾用弹弓射杀过一只鸟
用石头砸死过溪里的一条鱼
用脚踩死过爬在路上的蚯蚓
用手拍死过吸我血的蚊子
我感觉到现在有许多隐形的东西
在用同一种方法针对我施行谋杀
时刻瞄准我，欲置我于死地而后快

现在生命在不断受到威胁
2003年出现的SARS病毒，让我们惶恐
它们像狙杀人类的敢死队
阴险狡诈
我仿佛看到许多风从门缝里穿过
看到许多云为了逃命，逃无逃处
黑了心，一哄而起，化作超大暴雨

摧毁村庄，淹没城市，拼死逃窜

我欲藏入一曲美妙的音乐
从人类的大劫难中躲过

村支书日记之四十一

（2015.9.27，星期日，晴；乙未羊年八月十五，中秋节）

中秋节，望月，月亮是个恐龙蛋
在天锅里越煮越白
深夜里，剥开蛋壳
蛋黄掉下来，落在对门山上
第二天早起，去捡
发现是个太阳

由此，我便想起
怎么才能让自己也像恐龙蛋，剥出一个太阳
我想掩埋自己
先用泥巴包裹自己，装进一个楠木盒子
试想埋了一万年后，挖出，一蒸煮
剥开，露出自己
是不是就能把自己剥出一个太阳来呢？

然而不管怎样埋下自己
我们的父母不是恐龙，我们成不了恐龙蛋
埋下的我们
都只能从地里长出一堆青草
挖出的我们只是一把骨头
晴天，能在星光里点燃出磷火

今夜，我们不蒸煮月亮
我只想为冰冷的月亮圆满
伤心，总是让月亮掉肉
太多的肉掉没了
月亮的心也就伤透了

总有爱在支援，一些星星点点的爱黏在一起
总在天空填补爱的空缺
我总想捡回过去失去了的所有爱
为月亮填补一生的圆满

村支书日记之四十二

（2015.10.21，星期三，晴；乙未羊年九月初九，重阳节）

今天重阳节，第一书记带领我们村班子和老党员
去省太平洋保险公司的一个扶贫点参观学习
这个点是有名的高山村，名曰椒林村

椒林村，山高林密，深潜在雪峰山腹地
我们像游行在蛇肚子的虫子
盘旋而上，到了山顶
我们被一辆大巴，吐在山顶上的一个产业基地

这个村利用山泉水资源
成功开发了一个矿泉水公司
它产的矿泉水，水质奇特，清爽甜美
矿泉水"沁潇湘"畅销省内外
成为该村的龙头产业

我放眼凝望
这里的每一片叶子
像是从土里吐出，从树枝头吐出
从一次梦的冲动里吐出
被一线线光扯开，成土的翅膀
或低或高，都在呼唤飞翔

飞的欲望在风里，飞的理想在云里
飞的爱在雨里
飞，娇美的姿态
让所有的星星落下，开满漫山遍野的花
一片月牙儿，吹开，又吹落
叫天子，蒲公英花

把飞的图腾化为最美的声色
落下来，化为这里的山径古道，小溪流水

时间在这里聚满又消逝，多少青春在此气宇轩昂
多少生命在此堆积又消亡，那些没有名字的记载
都存活在树木花草的演绎中
我刚想走近这里，再近一点
一片落叶飘下来
已叼走了我的青春

村支书日记之四十三

（2015.10.24，星期六，晴；乙未羊年九月十二，霜降）

今天天气有点儿特别
一早起来，外面草地上霜雪白茫茫一片
天空雾茫茫，伸手不见五指
远处天空中透出鸡蛋黄似的太阳

邮递员给我送来一个包裹
说是地址有误，打回原处
这是我一个月前寄给现在国外留学的女儿的一个包裹
这让我想起学生时代寄给恋人的一封信
那时，也是这种情况

人，其实就是一个邮包
时间是个邮差，上帝它本想把你邮给我
结果地址有误，无法找到我，时间让你一时没有着落
时间当时很傻，不知把你打回原址
致使你流落他乡，孑然一身，孤独迷茫，弃于旅途
在尘世蒙尘，受世人鄙夷

世易时移，岁月早已换了新天地、新时空
已把你发回了原址
一次巧遇，我从你错误的地址里看到了有我的名字
啊，原来当时我们原本是邻居，你就在隔壁村
如果现在时间知道收件人就是我
你说我还能签收吗？
我多想仍能签收啊！这样让我把你轻轻打开

时光在时空中穿梭，上帝赋予每个人以各自的使命

我们都只是上帝发送的一个邮包
时间是个邮差
最终会把我们都带到本应去的地方

村支书日记之四十四

（2015.11.1，星期日，晴；乙未羊年九月二十，世界植树造林日，万圣节）

镇里安排我今天带省扶贫考察组
考察村里的古森林
这一片古森林
生长的树木花草都像甲骨文
它们是生命留给这个世界最原始的信息符号
它们的秘密隐藏在飞鸟的翅膀里和鸣叫声里
每一片叶子所隐藏的思想，暗暗积聚在一起
成为露水
汇成山坳里，清清的流动的小溪

蚊虫，处于白垩纪时代
它们不知道丛林之外还有更广袤的世界
它们解剖静里的血，让这里的空气生鲜
它们把噪声注入叶子，成为花开的声音
还有那些爬行动物从远古带来的生命基因
在告诫我们怎样在特殊的环境里生存
让自身超脱飞升之后
把卵的基因密码，粘贴到所有的植物脉络里
形成果实

我从松鼠、野兔、猴子、山蛇、狐狸……
看到了人类的起源
它们各自有自己的领地、巢穴
各自有自己的语言发声，各自有自己的食物类别
它们有思维，混沌的眼睛不断发出亮光
它们一边觅食，一边胆怯地窥视外面的世界
蚂蚁与蜂在模仿人类，它们都很忙
它们都在为了一个族群的王活着而忙碌

它们的命运因一个王的更替
决定自己意志的改变

走出林子，来到山下隔壁村朋友的新居
他养了几箱蜜蜂
我从那飞舞的蜂群看到了现在进化了的人类
看到了人类未来与希望的光
这个世界自从眼睛发现了光
两只眼睛，打开了大脑的窗
窗，无论挂在哪儿，只要这个世界有光源
一切生命都会沿着光的方向不断开启各自的世界

村支书日记之四十五

（2015.12.7，星期一，雪；乙未羊年十月二十六，大雪）

刚从县里开会回来
天，突降大雪
会上，县里要求我们各村做好年度扫尾工作
总结成绩亮点，部署来年工作计划

生命太多的奔波，太多劳累
积累一起，累积一年，总算轻松地飘下来
生活的艰辛，展示在山河大地，铺盖了田园山冈
那么白，覆盖了所有的衰亡，深藏了生死轮回的玄机
风，在狠命驱赶寒冷
心，都蛰伏着，保持能存活下去的温度

当一场雪下来，到一场雪融化
生命仿佛又活过一回
那些终年积雪的山峰与南极冰川
似仓库，库存着无法抹去的远古人的劳累痕迹
它们在不断制造新的人间气候
让气流与海水环流，不断演化人间新的生活
与一个个春天到来的故事

每一个人都可以从一粒雪里，审视今生
找到自己的前生，看到自己的来生
冬天来了，树放下叶子，举手向时间投降
此时，雪花纷飞，岁月逼我们向时间投降
染白了我们最后一根发丝，就像此时遍地芦花
代表大地宣布向时间投降

历史无意中，刨开了秦皇兵马俑

我们看到所有冤死的白骨纷纷向时间投降
太阳一走，我看到月亮
就带着满天星星，向时间投降
此时，我听到世界在静默中的欢呼声

每一场雪的降温，不只是一贴膏药
温降下去了，心还是那么热
就是蛰伏的蛇与青蛙，尽管外表那么冰冷
心脏照常跳动，血温就是不改
我们一生下来，总是有那么多强加的理由
那么多上天安排的原因逼我们走向死亡
而我们偏要坚持活下去，哪怕明知道明天就会死亡

其实，生命就像一场雪
一次绚烂，一次血流的过程
把生命从降生到死这个短暂的过程的意义演绎而尽
不管再艰难，也坚决拒绝向时间投降

村支书日记之四十六

（2015.12.17，星期四，晴；乙未羊年十一月初七，中国成功发射暗物质粒子探测卫星）

清晨打开窗，一股寒风
从脖子衣襟钻进我的胸怀
然后从裤裆里逃出来
让我全身一阵激灵
仿佛一次意外性侵陡然发生
风这种暗物质，有时的确很可怕
谁都不知道它是从什么地方放出来的流窜犯

我走在路上，又有一股股寒风
接力棒似的，一股一股，追着我跑
它们从衣襟、衣袖、裤裆进击
抚摸我的每块肌肉，肉麻的感觉，难忍
直到我全身冰凉才死心，停在路旁
不再追我

大半辈子，直到这个冬天
才知道自己是寒风的暖巢
才知道自己被许多寒风深爱过
被许多暗物质袭击过

村支书日记之四十七

（2016.1.17，星期日，雪；乙未羊年腊月初八，腊八节，佛成道节）

今天县里扶贫年终总结大会上领导要我发言
而我无言
在赶往县城的路上，我把发言稿交给了天上的神仙

天气这么冷，霜降一日紧似一日
冰雪早已来临
剩下这些枯枝残叶，我怎么对你诉说？
想表达的，在冷风里哽咽着
我一生无言，是岁月给我最好的说明书
我的一生，我的工作
星光里有记录，月亮里有拷贝

冬去春来，不屈的灵魂
总会在春天拱破残存的生命之躯
一次又一次诠释自己退场后最后的痛
那些不死的呻吟，都是逝去前的尾声
新的生命，一个一个在这尾声里诞生

这个冬天，所有的路都还原为泥泞的小路
它们从田埂里伸出来，爬向小村
路上零星的赶路人，摇摇晃晃，俯身前行
小村里有孩子刚脱开母亲的双手，歪歪扭扭
在屋檐下学走路，没走多远，就摔在墙脚

这一个冬天最后一场雪终于已等来
雪，落下来
慢慢把路凝固，把田野凝固，把水凝固
然后凝固的各个板块慢慢吻合，大地一片白

眼前不再有路，不再有田野，不再有树木花草
不再有小溪、池塘，不再有小村
只有一片白上的大大小小的白蘑菇

我看到我的童年从白蘑菇里走出
在一片白上走动
突然一下，滑倒
滑倒，爬起来；爬起来，又滑倒
摔出一阵阵飞溅而出的咯咯笑声
接着一个个童年的我，纷纷从白蘑菇里走出
做同样快乐的游戏
此时我听到一片白，突然碎裂的声音
是地在沉陷？还是春，已拱破了凝固的一片白？

恍恍惚惚，我感觉到在一片童年的欢闹声里
仿佛有一种东西，从另一个世界伸出手
把我从这个世界重新扶起来

三

2016年2月3日—2017年2月2日

人生是一场与时间的马拉松长跑，人的皱纹是最后冲刺的跑道。我多想舒展我的皱纹，让时间滑倒……

村支书日记之四十八

（2016.2.3，星期三，雪；乙未羊年腊月二十五，我的生日）

今天是我的生日，一个快花甲的老人了
应该把责任卸下来
却马上还要赶去镇上开会

我看到用旧了的时光，都堆聚小河两岸的树上
正在纷纷飘落
唯有水从中找到了轮回的路
风似恋人，每天都是新鲜的
我的爱是车的轴承里的润滑油，几十年已老化
如今我走路滞缓，骨骼传出咔咔的声响

太阳，是我唯一用不旧的东西
我让太阳一直保持在我的体温里存活
它始终代表我的今天
明天只是它的预设
明天里可能有我，也可能没有我
因为我会从某个今天里消失

月亮是少女的浴巾
总是在深夜里偷偷抹洗着私处
那些污垢是死掉的青春
经过下水道
成为另一条暗河的源头

我崇尚一片叶子的理念与处世态度
一生，心神凝定
为有用而生，因无用而退
被用过了，到期

知道自己从哪里来到哪里去

我在寂静中，总听到天外的声音
那里有个巨大的容器
大音希声，大象无形
我是一个即将成型的音符
到时，很快就会被那大容器一收而去

村支书日记之四十九

（2016.2.4，星期四，晴；乙未羊年腊月二十六，立春）

立春该吃点什么？
吃个红萝卜，再吃个白萝卜，清爽走天涯
春风徐来，大地苏醒
这一个春天往哪儿走？

几阵雨过后
所有的树木花草心中装满了乡愁
慢慢长成叶子，长成花朵
花朵展开花瓣、花蕊，长出青果
青果越过春的防线，吻过春最后一缕风
走进夏与秋，或意念中的遥远
然后坠落，或被人摘走
唯有叶子一直守住时间，让时间在此变老
直到时间枯萎，飘落，消失不见
进入又一轮循环

所有的生命，不知来自哪里
我们只能从它们的转换中
看到它们流动的光影
它们以各种形态，从我们的眼光里感知
从时空里忽然闪动而过
它们的物像在世间几秒，几分，几年
抑或十年，百年，千年
而在天眼里，都只一瞬

我的乡愁，从这一个春天
吞没城市楼群和乡村洋楼
吞没一切风雨与沙尘暴

进入荒漠，直到生命起源的边缘
再回首
遥望生命又一轮新的走向

村支书日记之五十

（2016.3.1，星期二，阴；丙申猴年正月二十三，国际海豹日）

今天忙了一天
半夜才回，突然觉得饿了
饿着，饿着，想起小时候和大哥半夜偷红薯的事
一下，饿意消散

我和大哥打着灯笼深入黑夜
灯笼把黑夜打了一个圆孔
我和哥哥从圆孔里不断钻进去，直到那薯窖里
在夜的眼光里我和哥也变成两个红薯种
比我们还饥饿的夜，围着我们很惊喜
想等待我们在圆孔的光里被烤熟后吃

月亮和星星
在天上也各自给夜打了一个圆孔
让我们儿时的梦都往那圆孔里钻
希望长出一吃就饱的食物
我们的眼睛总是盯着那圆孔里的光亮
期待在天亮之前会掉下烤熟的红薯种
夜，很有耐心
各种饿与饿了的夜，都在等待

几十年后的今夜
我拿着手电筒给夜凿开一条隧道
不再是那个时代为饥饿去偷吃红薯种
是为了寻找我来时的足迹
因为我一路上丢失了一些东西
这些东西现在我再也找不回来
我肯定那些东西，一定丢在我来时的路上

今夜月亮和星星照样在夜里各自打了一个圆孔
还有城市不眠的灯火也给夜打了许多圆孔
我想它们一定不怀好意
想用这些圆孔的光亮打乱我寻找的方向
我想许多东西都已不在眼前的光里
也不是黑夜能盖得住的
它们也许早已进入了时光的隧道，一去不复回了
就像海豹进入世人的贪欲，被人捕杀得快完了

村支书日记之五十一

（2016.3.21，星期一，晴；丙申猴年二月十三，世界睡眠日）

昨晚，为了迎检，增补表格
一个通宵没睡
刚要起身去洗把脸
就晕倒在座椅上

有人说即将从一个世界消失的时候
人就开始头晕，一阵眩晕，一片黑暗
世界进入旋涡，迅速沉落，不见
有人在呼喊你的名字
许多人在呼喊你的名字
无数人在呼喊你的名字
巨大的呼喊声，让旋涡开始逆旋过来
世界慢慢往上旋出，你的眼睛慢慢打开
黑暗慢慢消散，你重新看到了光明
世界又凸现在了你的眼前

我这次眩晕是因为身边有人在
情急中有人发出了呼救的声音
如果下一次我的眩晕没有人看到或发现
那么我旋进去，世界跟着旋进去
就不会再回来
留下一个封闭的黑洞
进入一个我们不可知的宇宙世界

一个个人因眩晕而消失
一个个眼前的世界也随人的眩晕而不见
我想我们的祖先在黑洞里的世界
应该都在急切地等待

等待我们各自带着自己的世界
从一阵眩晕中抵达他们的世界
让他们尽情分享我们给他们的世界
所带去的新世界

村支书日记之五十二

（2016.4.13，星期三，多云转晴；丙申猴年三月初七，傣族泼水节）

这一次上面抽查，我村金榜题名
获得了领导好评
我们付出的汗水没白流
大家终于开心地松了一口气
年轻的大学生秘书小肖，吆喝一声
开心地吹起了口哨

我深深地感受到这个世界
一紧张，就乌云密布，刮风下雨，冰天雪地
这个世界一放松
就春暖花开，万木复苏，云淡风轻
生命总在紧张和轻松之间做游戏

心太紧，困住心念，受困成魔，心结凝固
心一宽，心念驰骋，展开世界，放开望眼
你我站在世界的边缘，你我站在时间的尽头
光明永在，时光永存，不怕折腾

我们看到一处花谢，又在另一处花开
只是花的宿主不同
一处生命的消逝，在另一处萌生，只是空间不同
风去风来，只是循环

我们来到人世
只是为了找回曾经来过，又消逝的我们
心念在，我们终会与自己重逢
达成所愿

村支书日记之五十三

（2016.4.22，星期五，晴；丙申猴年三月十六，列宁诞辰纪念日，地球日）

今夜我没有睡眠
夜宿罗溪宝瑶
宝瑶，是国家级贫困村
现在已成最先脱贫的国家级先进村
我们又一次外出取经

蛙声，虫声，蚊子飞舞声，声声充耳
它们进攻的不是我
针对我同床很牛很牛的鼾声
鼾声不绝于耳
还有隔壁墙隙传出的
喝醉了的老王
急促的呼吸声和与床板滚动撞动声

这是一个声音齐争夜色的战场
宁静没有致远
寂寥，挂在窗外的树上
孤独守候着月亮
月亮觉得很无奈，从山这边拐过去
到了山那边

我觉得这里没什么稀奇
为何招引了那么多的游客在这里发声
呼噜声在拼命地鼓捣，超越了蛙声
我知道，是因为山外的陌生人
从这里看到了天堂的幻影

同时还有许多山外的爱，偷渡到这里

抢占了这里风光纯美的民宿
爱的声音肢解着这里夜的静美与纯粹
自古这里的爱都在羞涩里静静地进行
生怕惊动天上过路的小星星
月亮都不知道这里的夜里会有故事发生
这些旅行人，深夜制造的声音阵阵滴落
甜美了客栈外的溪流声

村支书日记之五十四

（2016.5.1，星期日，雨转晴；丙申猴年三月二十五，劳动节）

今天"五一"
游武冈云山，恰逢雷阵雨
闪电，雷鸣，暴雨
雨水打在山下的城墙上
水珠溅落在城墙下古老的石墩上
雨水也打在一个个小巷的砖墙上
水珠溅落在小巷古老的石板路上
昔日城墙只是为守护一个个小巷的安宁与繁华
数百年来，矗立城边，一直都在为小巷默默地坚守着

今日城墙已老，小巷已老
它们隔着一座古城盛载的旧时光
为着那忠心不改的愿望
固守各自心中岁月剥蚀不了的信念
这时，一个穿旗袍的女子打着一把红伞
站在城墙上眺望
一个穿连衣裙的女子打着一把红伞
从小巷深处走向巷子延伸的尽头
她们都心存所望，寄于远方

云开，风止，雨停
天地一片肃穆，一声鸟鸣破开静空
车流声，叫卖声，袭击耳膜
渐渐从城墙与小巷之间漫入新城的中央
两个世界瞬间对峙而立，宣示自己
一个在表达守护古老生命的虔诚
一个从古城伸展
拉开一个新世界的繁华与发展的新格局

雨停，天空突见一行大雁一字飞来
这时城墙下的古树，与小巷里的古树
同时滚落一行热泪

村支书日记之五十五

（2016.5.8，星期日，晴；丙申猴年四月初二，母亲节）

年迈的母亲总是牵挂远方的亲人
女儿是她的心头肉
月色下总有她屋里屋外不安的身影

今夜，月色纯美
狗，用铅重的吠声
重重凿破了村庄早已凝固的夜的宁静
一声吱呀的开门声
帮扶着母亲又一次走出门来
母亲望着月亮的脸色
好像看到城里女儿此时的神情

念大学的弟弟曾对母亲说
那月亮是咱乡下人一直常用的电脑
更像现在可以视频的智能手机
那里面储存着农家人千年来的游子情
在每一个特殊的节日
都可以与亲人语音视频，也可以制作抖音
每一双望眼都是不善言辞的星星
它们是鼠标不断移动的光点

晚风总是和屋外的老槐树
彻夜不眠地聊天
温暖了多少被窗外露珠打湿的梦呓
待父亲用山里男人
最坚实的鼾声
把一个家园守卫得严严实实
母亲才收起满天的泪花

回房歇息

我想此时，女儿也正在城市高楼的窗前
借月亮遥望远村深夜里的母亲
月亮还没来得及把心意转达给母亲
又一声吱呀的关门声
锁住了母亲留给女儿远村最深的秘密

村支书日记之五十六

（2016.6.5，星期日，晴；丙申猴年五月初一，世界环境日）

今天家家户户通水泥路工程已完工
突然，似乎觉得乡村环境优美，心情舒畅
这是史无前例的伟大工程
没有哪一个朝代能做得如此光鲜完美
由此，我有诸多感想

身边有条小溪
我看到小溪下面
一个鹅卵石一个鹅卵石地紧挨着
它们铺就一条路，让小溪在上面欢快奔跑
前面有一个大石头在挡道，小溪头一昂
腰一扭，潇洒地拐过去

有谁知道鹅卵石下面是什么？
有人说是沙子
那沙子下面又是什么？
我想不用问，垫在最底层的一定是泥土

作为构成一条路的鹅卵石和泥土
共同承担了一条路的责任
同时还要得到人们的认可，真的不容易
如果你的责任在路上，要经受得起摩擦的痛苦
如果你的责任在路下，更要经受得起深深扎心的刺痛
这些都需要一颗坚强的心，去默默忍受

我们的老百姓就像泥土
我们的国力就像鹅卵石
民心齐，泰山移；国力强，牢可靠

国家惠民政策就是为了增强民心的凝聚力
民力与国力搅拌的混凝土才能浇筑最坚实的路基
老百姓和政府同心协力才能铺就国富民强的幸福之路

村支书日记之五十七

（2016.6.23，星期四，晴；丙申猴年五月十九，国际奥林匹克日）

今天走路累了，一屁股坐下来
正好坐在小溪边的灌木丛里
我从灌木丛里
看到了一个新世界

看到了虫子们在打斗
一只蚂蚱刚从灌木丛逃出来
战战兢兢，胫骨的锯刺上
还留着血痕
蚂蚱在疲惫中喘着粗气
突然一只山鸡迅猛飞过来
又迅捷飞走
这时蚂蚱倏然不见

也许这种打斗就是它们最大的欢乐和兴奋
尽管时刻充满着生命的危险
就像你坐在飞机上俯瞰一座城市
这座城市里有我，有你，有他
大家在熙熙攘攘的人群里打拼
看不到刀、刺
但都在暗暗地求生存，争脸面

村支书日记之五十八

（2016.7.11，星期一，多云转晴；丙申猴年六月初八，中国航海日）

有时走在山路上累了
捧一口清凉的溪水
照见苍老的自己
总是浮想联翩

每一条水流，浪花都在击打着故事
故事都藏在坚硬的卵石里
卵石大大小小，窝住河道里
每一条河道，都是奋进的路
也是奋进的历史之说明书
流水，总是在讴歌前人奋进的过程
诠释远方的含义
我们在河道中收获潮流退去后的启示

路，在河岸上
它总是沿着河道走
走山路若迷路，寻水声而去
你越不过障碍，得走弯路绕行
弯路在水边，不在平地

暮鼓晨钟，岁月在天空中敲落时间
时钟，如水车
时间推动水车在流转
人间，一秒一秒地在改变
所有的改变，都镶嵌在道路两旁

抬头望天
夜幕，是一张定时起用的网

网着天空里那么多白花花的鱼
就像我，被定时网在工作的时间表里
历史是河道，宇宙是河道
我们都是鱼，自然生长，自然消失
留下白花花的硬骨
撑起时间，生生不息

村支书日记之五十九

（2016.7.22，星期五，晴；丙申猴年六月十九，观世音菩萨成道日，大暑）

我们村，落实中央对特困户
易地搬迁的政策
上半年已接近尾声

易地搬迁是一个好政策，很科学
很好地解决了山区贫瘠土地上那些
特殊贫穷散户衣食住行问题
挖除了贫穷的根子

我的一位诗人朋友
写了一首题为《易地搬迁》的诗
发表在了《诗刊》上
让我们感受一下易地搬迁的意味

"扶贫队来了
三人小组，第一书记
一声号令
精准地把一个山上小村庄连根拔起
移栽到山下的小镇上

这是一次历史性的战略转移
蚂蚁族群还没反应过来
其他来不及思考的东西还有很多
这个贫穷的海拔高度
千百年来无法丈量
只有彻底地瓦解它的海拔高度
斩除它的根源
让它在富地着陆

贫困才能根除

这里的许多动物
从此没有人的相依陪伴
许多植物失去了人类的温馨
它们从此退出
人类文明在此的千年艰难开掘历史
重回原生态
这里，鸟儿欢飞
不断带回山外改天换地的好消息"

村支书日记之六十

（2016.8.1，星期一，晴；丙申猴年六月二十九）

扶贫后盾单位领导昨天晚上刚从省城下来
今天我陪他们走访贫困户
他们帮扶的贫困户在深山老林
那是我村的最边远处
这是一块被岁月私藏很深的土地
外面的世界很少有人知晓
这里的树木珍藏了
联合国拯救地球的宣言
这里的小草，苔藓
为暗访组记录了老百姓的呼声
你说，生命需要什么
你说，老百姓需要什么

天地容存，扩开生养
这里的一条鱼，能解释太平洋的历史
这里的蚊子或小鸟都能解说
人类生存与发展的历史
这里的萤火虫早已摘下星星
制作了这里的路灯

你说这里贫困
但这里却有许多富有的东西
这里是蓄积阳光的仓库
漫山遍野
都是生命跃动的乐园

领导坐在一块石板上
与贫困户老人谈心

领导从老人的笑容里看到了
纵横山野的交通
把生活拔高又放低
让幸福的存在舒展自如

一只只虫鸟从东山飞到西山
在幽静里传满喜讯
叠加于这里网络的波段
在互联网上
兴奋地标注大山的新闻

村支书日记之六十一

（2016.8.17，星期三，阴；丙申猴年七月十五，中元节）

镇上领导告诉我
今夜，暗访组在行动
我带着秘书值班
我在村级活动中心的广场望月
一直在倾听山寨狗吠声

狗吠声，让整个山寨痉挛
你镇得住这狗吠声
方进得山寨来
你是扶贫暗访组的干部吗
怎么从没见过你
家里没人
离我远点，请等主人回

一声狗吠
可以让山寨的夜全都掉下来
融进山寨的水库
星星像鱼饵
水库的鱼在争相吞抢
一声狗吠，可以让山体滑坡
堵塞盘山公路
让山下空腹的挖土机
爬上来饱餐好几天

这里除了盛产狗吠声和鸟鸣
还有溪水声和留守老人
老人像山上砍伐后的一个个树蔸
死守山寨

担心一出了山门就被火化了
活要做山寨的人，死要做山寨的鬼
后生伢子走出山寨的都已经富了
坚守山寨的人正在与扶贫干部改天换地

今天扶贫暗访组干部真的来了
像当年解放军侦察兵
深夜查岗，挨家挨户走访
检查老弱病残者的低保与保健服务
是否落实到位
检查贫困村的脱贫规划是否实施好了
检查贫困户的致富办法是否精准有效
检查油茶树，柑橘树，茶叶树，奈李树
这四棵支撑山区脱贫天空的树是否种好

夜很深
暗访组在潜行

村支书日记之六十二

（2016.9.10，星期六，晴；丙申猴年八月初十）

太阳又从西边出来了
省里分管我村扶贫的领导昨夜写了一首诗
今天交给我修改
题目叫《夜宿贫困村》
我一看，不错
我说，你的诗写得那么好，我哪敢修改
不要修改了，我当面向大家朗诵一下
请大家一起鼓掌欣赏：

"风从树叶子上蹲下来
从草叶上蹲下来
一切归于平静
平静地，看鸡鸭进笼
看星星跑出来

一天的生活收拢来
扎紧，藏进夜色
灯亮了
生活开始反刍
生活的残涎喂饱了
猪牛猫狗，还有哭鼻涕的狗娃
月亮催眠，进入梦乡

隔壁家的鸟在树杈上
絮窝
当月光抚摸到窝的深处
灯，熄了
此时，正是我想家的时候"

诗，的确不错
朗诵一完，大家立即掌声雷鸣
一声吆喝，大家异口同声说：好！
这首诗风趣幽默，与老百姓贴心
逗乐了周围的老百姓
逗乐了大家一起开心笑呵呵
逗乐了小溪，逗乐了鸟鸣
逗乐了天上的太阳与云朵

此时山乡，艳阳高照，白云悠悠
满山的竹林、树木
喜笑颜开，随风舞蹈

村支书日记之六十三

（2016.9.29，星期四，阴；丙申猴年八月二十九，世界心脏日）

上午镇党委找我谈话
商量下半年村支两委换届的事
要我回顾过去，总结成绩
展望未来，做好打算
不管今后干不干村干部
必须继续开展好下半年工作

晚上回到家里，我浮想联翩
想着想着就睡觉了
梦里，我看到一棵树掉下一片叶子
落在我脸上
在我脸上的皱纹里寻找我的年龄
其实我的年龄和树一样，在根部
自从在这大山里扎下来
就一天天爬上树去
末了，钻进了树的心里
我的年龄，只有树心知道

我总把愿望长在这大山中
季节轮转
愿望爬上去，又掉下来
这是一件很痛苦的事情
我只有把根扎深
让愿望不断重生

蚯蚓在开挖地铁道
蝉蛹就依在树的根底
生命都在向自己的身外延伸

尽管我们无法破译它的原理
原理只有一个
那就是生命都是让自身活得越来越好
在同一个世界和谐共生
一起追求美好

村支书日记之六十四

（2016.10.10，星期一，晴；丙申猴年九月初十，寒露已过两天）

今天起得早
走在去村级活动中心的路上
远处有歌声
绕过山梁，时断时续从对岸传来
像一片瓦砾跳跃着水波而来
击中了我的心跳

歌声是干净的
河水过滤了昨天的尘世
喂给水下不懂尘世的鱼
清波微澜的水
荡漾着一个安静的秋
展示今天的秋，还在继续

晨起打鱼的人
去年已脱贫
他把今天的太阳捞出水面
震碎了一江的翠玉
水下的天，碎了
水上的天，腾空而起
湛蓝，湛蓝

村支书日记之六十五

（2016.10.19，星期三，雨；丙申猴年九月十九，观音菩萨出家日）

又累了一天
如今村干部好像比总理还忙
好不容易歇下来

我躺在屋里走廊的藤椅上，翻看手机
我村一位在城里工作的堂兄
今天六十花甲
心有感触，发给我微信
写了一首诗要我欣赏

诗曰："月亮圆了，又缺
今夜月亮已成剃刀，刀锋那么锋利
它要把我对家乡所有的思念全剃光
思念掉落成夜色
为我给家乡的庄稼施肥

剃刀，不断变形
我出生时，它是圆的
切割我的脐带
小时候，爷爷拿着它为我剃光头
它是弯的

它挂在老家的时空
让我想起那些旧时的年月
家家户户小孩子剃光头
日子变得一时很光鲜

时光在飞速狂奔

剃刀在不断剃去旧时光
被旧的光磨亮，又添新光
时间在分秒的切割中稍纵即逝
老了的剃刀，随时会掉下来
剃掉那些曾拖累过我们的昨天"

是啊，岁月似剃刀
它剃掉了我的过去，应该留下我什么好呢？
请剃掉我的烦忧和不断长出的白胡须
留下我不死的追求吧！

村支书日记之六十六

（2016.11.11，星期五，晴；丙申猴年十月十二，光棍节）

扶贫队员就居住在大山深处的人家
是一个依山傍水的地方
今天赶着一个扶贫队员过生日
我提了一壶老酒去看他

沿着溪流往上爬
一路可以看到溪流里
那些小鱼儿游得那么好
让人觉得一口一条就可以吞下
隔着水波，它们像是幻影
不在你爱它们的世界里
这里的一种小，不留意
就会偷渡汇成远方的大海

溪水从高山而生
流落下来又蒸腾，成天上的云
水化云，能飘到何处去？
为了这里的天更高，我用山峰当旗帜
只是想召回那些出走的云

鸟儿都飞到城里学了美声
回来都成了大衣哥
只有鸟鸣是真切的
叽叽咕咕，叽叽咕咕的声音长满了青翠
只有泉鸣是纯洁的
每一滴泉水都从大山心底过滤，涌出
让一种美好深藏
保存了亿万年的清纯

这里的风是防腐剂
守在这里
这里的一切总保持原貌、新鲜
堵住外面风的吹入
让这里所有的珍藏都成为最美的文物

我坐在小溪边的石头上停下来
望着山上的石头
望着居住着扶贫队员的那座木屋
再看看从这里弯弯曲曲爬上那屋的一条青石板路
感觉无尽的时间波流，一下
从我心空穿过
洒落的全都是太阳向这里
倾注阳光的声音

村支书日记之六十七

（2016.11.22，星期二，雪；丙申猴年十月二十三，小雪）

今天，从镇上刚回到家里
天，突降大雪
我觉得下雪，是一种生命的前世之旅

我看到
一朵雪花飘进我的窗台
落下来，一下不见了
一朵又一朵，落下来
一下都不见了
它们似是我远来的客人
也似仙逝的亲人

窗外的雪花飘在叶子上
飘在屋脊上，在山巅上
它们停留在那儿，聚积在那儿
不肯离开
我想它们是否在等待亲人
等待它们想见的人

是不是所有的雪花都向往人间
是不是所有的雪花都在寻找亲人
是不是所有的雪花都在寻找它想见的人
是不是所有的雪花都想在人间找回它的前生
我觉得所有的雪花都在寻找它的另一种归途
它们都应是我们最崇尚的神灵

村支书日记之六十八

（2016.12.26，星期一，晴；丙申猴年十一月二十八，节礼日）

刚迎接完了年终村级工作考核
一群狗跟在我后面，送走了镇里领导
领导高高兴兴走了
狗们又摇着尾巴跟过来，围着我不肯走
我不知它们是要向我提什么要求，或追要什么礼物
还是想和我一起庆祝考核顺利通过的皆大欢喜
的确，我们一年的工作与狗也有关
尤其是安全生产工作，狗做得很不错

狗是我们村的警察，日日夜夜免费服务
陌生人进村都要验明正身
对擅入者，先警告
对不听警告者，进行恐吓性驱逐
对执意闯入者，集中警力
嚎叫，撕咬，冲锋，奋起追杀
吓得来犯之敌屁滚尿流，落荒而逃

狗是村庄的迎宾主持
客人来时，提示性发出叫声
然后摇着尾，轻步走到客人身前
再转身，细步走在客人前
引客人到主人房屋大门口
最后礼貌地把客人让给主人
让主人领客人进堂屋

狗是村庄家家户户最贴心最忠心的警卫
视主人为最高长官，唯命是从
按主人的命令执行任务

在家守家，忠于职守，毫不含糊
跟着主人出行，如影随形，紧跟左右
跟着主人捕猎，追逐猎物，气势凶猛
为主人跑腿，眼观六路，耳听八方
机警敏锐，一丝不苟

村支书日记之六十九

（2017.1.20，星期五，雪；丙申猴年腊月二十三，大寒）

这一个冬天极寒
我们曾相约的山冈
已让给外商投资的一片产业开发新区
新区的游乐园剪裁了山冈的一个缩影
留放在新区的中央收藏
我们还会在同一时间走进这个山冈
一同找回我们执手相恋的画面吗？
那风，那云，那气息和空气
是否还储存在当时那片原有的天空？

这一个冬天极寒
天空被白色的冰穹封禁
所有的道路成为白色的滑道
所有的山径成为白色的钢管
所有的江河湖泊成为白色的钢板
所有的房屋与矗立的物体
成为白色的钢墩和钢柱
世界只剩下一片蓝色的海浪
在白色的边缘
不停地向世界之外的天宇发出呼号

丽人，你在哪里？幽住何方？
或在哪一块白里隐藏？
你呼吸的气息是否已化为悬空的冰凌？
我们是否还存在相通的暗道可以走进？
是否还存在互通信息的媒质可以直达
彼此心灵的深处？

仰天望去
只有飞鸟的暗影里留有熊的足迹
我们曾经拥有的世界
一次次陷入这一片白里
被这无尽的白所掩盖
沉落，封存
我们期待新的世界的来临
传出蛙声、虫鸣、鸟飞、花开的声音
期待一树树梅花的丽影里
慢慢有蛇爬动在草丛里的声响

此时一片白里，有一个白点在蠕动
慢慢，一只白白的小山羊凸现在眼前
它望了望天，咩咩几声
一片白，开始流动
忽而一片白化作无数的白光
收拢入白白的小山羊的体内
顿时一束白光直射云天
冰云散去，冰雪消融
蓝蓝的天空下
大地一片青翠，突现在小山羊的脚下

村支书日记之七十

（2017.1.27，星期五，雨夹雪；丙申猴年腊月三十，除夕）

老百姓不管贫穷富有
都会开开心心过大年

平时我们总是节俭
尽可能过清淡的日子
过年了，灶神已回归天庭
去报告人间的冷暖与食禄

灶神一走
人间每一个人的心都乐开了花
大家总算可以自由自在地
大吃大喝
停下手上的事，什么事情也不干
人人把家里藏着掖着的东西都拿出来
换作各种好吃的东西，变着花样
以各种形式的吃法，胡吃海喝
还走东家串西家，走亲访友互吃互喝
好不快哉！

春节，是人间一段没有神管的日子
神仙放假，都在天庭聚会
吃喝玩乐，豪情满怀
名曰总结工作
规划未来

等正月初四，灶神回来
大家吃喝就开始悠着点了
等过了正月十五

所有的神仙都下凡巡视了
人间又不得不规规矩矩，忙活起来

如果我们的人间
没有神仙，该多好！

村支书日记之七十一

（2017.2.2，星期四，雪；丁酉鸡年正月初六，湿地日）

明天就要立春了
我看你这个狠命下杀手的冬，往哪儿走
尽管昨天前天出了太阳
但田野还有许多残雪没融化

走进田垄，在这冬的深处
蚊子走了，虫子灭了，飞蛾不见了
田垄里不再闹腾
衰草躺在田里
收割后的禾蔸已从雪地里长出了青苗
一坨一坨的青草，成群结队
在田野布阵
有少数耐不住寂寞的草
开出了喧闹的花
这种喧闹，很静
只有站在田野中抬头静思的水牛
才能听到

追赶季节的风
走在死亡的路上，越来越冰冷
注定它在这个春节与大家永别
看这一个态势，不再下一场雪
是无法让风进入天堂重生的

我看到村头的柿子树的树尖上
举着一个柿子
像献给天的最后一件供品
一只鸟儿在守着它，眼睛四顾

时不时啄食一口，紧张地振动翅膀
一只找不到家的黄狗，耷拉着头，在四处寻觅
谁也不知道，是不是饥饿已缠住了它整个身体
它抬了一下头，望了望远处的路

突然，一颗颗小小的冰粒从天上打下来
打在我头上、脸上，让我感到冰冷刺痛
打在池塘、小溪，爆开水花
打在屋顶上，飞溅着，当啷啷响
打在地上、田野，四处蹦射

忽而，雪花开始飘下来，棉絮一样
风静默，不再有声音
一切不再有声音
雪花越飘越大，越飘越密
看不清前面的物体或人影
看不见那柿子，那鸟，那狗

四

2017年2月3日—2018年2月16日

花蕊，是勤奋者最心疼的爱……

村支书日记之七十二

（2017.2.3，星期五，晴；丁酉鸡年正月初七，立春）

今天新年上班第一天
镇里主要领导带队到村委会
慰问了我们村支两委
我们感受到了春天来临的温暖

我们看到了冬在撤退
春不再潜伏
春，在田野山村集聚
以守为攻，开战的号令已发出
山雾散开，拉开绿色的旗帜

一扇门打开，跑出一个山娃
追赶一只小公鸡奔向溪边
溪，慨然大笑
姐姐在空白的水田，用鸭梢划开一条冬的缝
冬，陡然碎了

山风捡起一群鸭的脚印
书写一副副春联
挂在对面一排排山梁上
一头牛，一只羊
在村前草坪上思考春的新思想

老母鸡，又生蛋了
咯大咯，咯大咯，叫喊着
从阁楼上飞下来
证明这里是一个让春早产的地方

村支书日记之七十三

（2017.2.12，星期日，晴；丁酉鸡年正月十六）

外出打工人员，大年一过
最迟不过正月十六
就又要出发，开始旅行
奔赴各自新年的岗位

他们就像一滴滴雨，好不容易在叶子上安息
阵阵叹息，好不容易消停
他们更像一缕缕风，好不容易在草丛里歇息
串串蹄音，好不容易落住马厩
可他们又要出发，去追求心中的梦想

人世忙碌，太多匆匆
人世沧桑，太多玄机
谁也无法抗拒时间的脚步
谁也无法掌控命运的诡谲、神秘
大家用一生去探寻，寻找人间的幸福
从一棵竹笋破土开始
放空自己，吸纳外面的阳光空气
从一朵花苞打开开始
放空自己，留下爱的誓言与善意
从一粒埋入泥土的种子开始，放空自己
打开芽叶，抢下立于天地的生机

他们又要去旅行
从一滴血与梦的源头开始
寻找生命的起源
引入生命的源流，让大地不再有荒原

村支书日记之七十四

（2017.3.8，星期三，晴；丁酉鸡年二月十一，妇女节）

扶贫队第一书记
在贫困户屋前种了一棵桃树，已五年
桃树，个儿不大，每长上一节
节骨眼都露出黏稠的痛苦
黝黑驳杂嶙峋的身体
全是艰难的表情

看到春天来了
生怕来了，又走了
冒着微微寒风
急忙苦撑出花苞
胆怯地在寒战中开放

一年好不容易鲜艳一次
还来不及欣赏自己的美丽
一瞬的青春已随风飘去
留下的
是一个个奶住大地的乳房

村支书日记之七十五

（2017.3.20，星期一，雨；丁酉鸡年二月二十三，春分）

每年春节过后，出了正月，年味消散
兴奋过后，总让人伤感
因为每年都有许多亲人见不到
还有那些外出的游子
几年，或几十年一直回不了自己的故乡
吃不上故乡的团圆饭
想着，想着
总让人潸然泪下

游子啊，请给我一个地址吧！
我想把故乡打包寄给你
看，放牛坡上，仍有你童年的细语与嬉闹声
那声音长在草尖上
交头接耳，不知它们在偷偷说什么
还有那些牛蹄印已成过时的印章
证明不了你已逝的童年是个什么样
印章里长的全都是开花的野草
仍在描摹你童年时的模样

牛粪堆过的地方现在长出了茂盛的果林
结出的果子从青色慢慢变成金黄色
记得儿时老屋前的石榴每年慢慢变成红色
石榴紧闭的红唇一张开，就有抵不住的诱惑
引诱黑黑的眼珠子转，让舌头一伸就流口水
还有你儿时摸过的那些从坡上拱出的一个个石头
它们一排排，草木无法遮盖
那是古时的一个和尚葬进山坡
数百年后，露出的颅骨头

像一个个火烙的戒疤
现在已成了外来游客观赏的风景

岁月，如风流走
这时我看到
儿时放牛坡上那些牛羊、放牛娃与狗
像坡上的云，跑着跑着
就升上了天空

村支书日记之七十六

（2017.4.4，星期二，雨；丁酉鸡年三月初八，清明节）

不知不觉，清明节又紧跟着来了
山上的风
正在准备欢迎各位远方的亲人回家踏青、祭祀

家乡一年一个样，已不再是从前的模样
像一幅幅西洋画
已挂满家乡的田园山川
刷新了家乡的模样

一个改造装修后的家乡
仍留下一些古典式的美
点缀在庭院、猪圈、牛圈、羊圈
那些天内外的云，海内外的游客
都是目前家乡最新的亮点

他们骑着宝马在画中游
带着爱人在画中找民宿
欧式洋楼，水映荷花，桃林茶园
原生态农业，农工商联体
小桥流水人家，汇成梦中天堂

傩戏，花鼓戏，黄梅戏
广场舞，街舞，填满了画中的喜气
一面在村级活动中心大楼上飘扬的红旗
引领所有的庄稼在向太阳敬礼
引领我们，向为这块土地
付出的一代代先辈致敬

村支书日记之七十七

（2017.4.22，星期六，多云转晴；丁酉鸡年三月二十六，世界地球日）

时代在进步
我们需要对乡村重新定义
需要重新理解乡村的含义
乡村，是城市建设的桩顶
一个城市有多大，就看它打下的桩顶
有多大，有多深，有多稳

每一个乡村，都是一个不起眼的小村庄
即使它最小，也是那些城市的桩顶
我们曾在这个桩顶里长大，在桩顶里做梦
曾爬上桩顶的顶端，踮脚看世界
都梦想着在桩顶上，架设飞翔的翅膀

当村庄的鸟儿飞向远方，云儿飘上天空
当村庄的梦远离故乡，迁徙他乡
我仿佛看到了天的桩顶，看到了这个世界的桩顶
看到了桩顶一样的一个个美丽而坚挺的村庄
看到了地球越来越美丽的面容

村支书日记之七十八

（2017.5.5，星期五，晴；丁酉鸡年四月初十，立夏）

今天村里刚开完会
研究了今年中稻生产的事
走出门来，风和日丽，村庄美丽
面对如今美丽的乡村
不免回想我们的童年

小时候的村庄，像山野的蘑菇
在山弯里，一坨坨生长
我们是蘑菇群里的小虫子
有时饥饿，像喜欢抢食的鸡和鸭

村庄里，有我们养育的许多小东西
它们饿时吵吵闹闹，吃饱了很安静
它们也有欲望，但欲望很小
它们也有梦想，但梦想不大

在村东头的古树里
有爷爷奶奶常偷出的神话
这神话喂养我们一代代幼嫩弱小的梦
村前的池塘，夏天是大人们的浴池
冬天是我们孩儿们的滑冰场

还有那村中的水井
水井里有我们月夜里看到的神仙与天堂
神仙里有我们村庄过去仙逝的祖先
晒谷坪是我们打野仗、捉迷藏、看电影的地方
村边上的小溪，是我们打水仗、摸鱼虾
偷看姑娘沐浴浣洗唱歌的乐园

村支书日记之七十九

（2017.5.14，星期日，阴；丁酉鸡年四月十九，母亲节）

今天在县里召开了扶贫工作推进大会
听了省扶贫办黎副主任的课，茅塞顿开
懂得了扶贫工作的许多技术要点

傍晚，回到村里
听说我们村的哑巴突然死了
谁也不知道什么原因
也许日子越过越好，他无法形容、无法感慨
张着口，说不出话，就死了

哑巴的出生太苦
哑巴生下来，母亲就死了
母亲成了村庄的一块疥疮疤痕
埋在村庄的后脑勺
哑巴成了村庄的胎记，长在村庄的名字里
所以我们村被外人戏称哑巴村

小时候那些树林子，一块块庄稼地
是哑巴他爸炒出的最拿手的好菜
那一片片小草地是他姐喜欢做的沙拉
还有那池塘是他奶奶最后端在餐桌的洗锅汤
这些都是小鸟与哑巴最喜欢吃的美食

小时候还有那些鸡鸭鹅，大猪小猪猫鼠喜欢抢食
哑巴看到恨不得把它们剁成肉酱吃
憨憨的牛和羊，用舌头舔着嘴巴
时不时哞哞地叫，咩咩地喊
不怕饿死的狗，总喜欢趴在村口睡懒觉

哑巴，一生下
就留下一辈子自己心里说不出的话
话都卡在喉管里，啊啊的，出不来
村庄跟着他后面，也哑了
只有村边的小溪，一直剖析着
哑巴和哑巴村内心的痛苦与欢乐

溪水，从村庄的远古流来
像一条脐带，哺乳着村里村外的世界
牵动世界的心
直到我们离开世界

村支书日记之八十

（2017.6.1，星期四，晴；丁酉鸡年五月初七，儿童节）

今天六一儿童节
我看到一群群小鸟从村小的大门飞出来

活跃的夏，开始热身了
村后竹林的鸟多起来
它们都在修炼自己的歌声
这些鸟都是民间著名歌手
歌技都是祖传的
没参加过青歌赛
也没有上过《星光大道》
歌声家喻户晓
一听歌声，人人都能辨别鸟的名字

小时候我曾抱着布谷鸟一起说过话
它说它是神仙，掌管春夏时令
让所有生命从春天奋起，夏秋收获
其实所有的鸟鸣都在告诫我们
歌声是上帝传给世界的指令
世界需要安宁，更需要最美的声音
让一个一个季节获得太平

村支书日记之八十一

（2017.6.10，星期六，晴；丁酉鸡年五月十六，中国文化遗产日）

今天文物局派人下来了
说要我们配合研讨村里祠堂的维修方案
我们村祠堂起于林家进士衣锦还乡捐资修建
已有两三百年历史
现已年久失修，破败不堪

村里老祠堂的门口有一棵古树
老祠堂的门头早已被砸毁
苍老了的岁月面对残垣断壁而无奈
而我，面对青翠的古树而无奈
还有那些高高昂首望天的残檐
面对新式的洋楼也无奈
祠堂后的那片林子面对苍天在感叹
神灵在这些无奈与感叹里逃逸

我抬眼望尽了天
天下山川河流，大湖大海，沙漠戈壁
森林田园，城市村寨
我和老祠堂是留在它们中的一个壳儿
在它们中掩埋，再出现，再掩埋
掩埋，给它们留下了完美
出现，暴露了掩盖不了的真实历史
希望老祠堂从风雨沧桑的岁月中穿越过来
再一次一路走好

村支书日记之八十二

（2017.7.5，星期三，晴；丁酉鸡年六月十二）

今天镇里派扶贫和七一党庆表彰的先进分子
去外地的革命圣地学习一个星期
我心潮澎湃，仿佛又一次回到了青年时代
走在山径小路上
一路好风光

翠鸟的翅膀剪落空气，鸟鸣弹开了野花
清香落满一地
两只白蝴蝶舞着过来
有一只落在我的肩上

满眼树林，从时间里长出了青春
牵动了遥远的历史
有一位诗人从历史里跑出来
吟哦这里的初夏
意境浮现在山下的田垄
一个插秧的姑娘用脊背弹起自己的头
朝着山冈，似向我笑

清风徐来，一个青翠的世界
把我移出画面
我看到一滴水珠飞落
成了小溪奔流中的浪花

村支书日记之八十三

（2017.7.7，星期五，阴；丁酉鸡年六月十四，小暑，"七七事变"纪念日）

今天是在外学习考察第三天
走进山林中间
我们来到了抗战老区的一个抗战遗址

就一个光秃秃的山头
山头上这片林子哪儿去了？鸟哪儿去了？
没有林子，没有鸟儿，空气很僵硬
山头下的一棵棵树在沉寂
它们在向一片死去的土地默哀
像一块块没有刻上名字的墓碑
它们纷纷代表人民的心声
在此，为英勇的战士树碑

人间事，似乎一下走空
留下一片天地在反思

我们都站在山头上默哀
山头上的风，哪儿去了
山头上没有了风
与世界一切断绝了联系，没了消息
一种生命的集体
一下从一个区域抽空，在天堂禁闭
等待岁月转换时空，放出，重生

你说谁是这块土地的原罪
需要这么多生命付出牺牲
我们需要向历史追责
也需要牢记国仇家恨

共产党人，更需要不忘初心，牢记使命

如果再有新的土地，没有鸟鸣
没有了风声，我们绝不答应
不然，我们将如何面对子孙

村支书日记之八十四

（2017.8.1，星期二，晴；丁酉鸡年闰六月初十，建军节）

为了跟进村里的生态农业产业项目
今天来到了多年未见的省城
省城的繁华和都市化程度让人目瞪口呆
高楼耸立如张家界的山，挤挤比高
车流如潮涌，在楼与楼之间填堵
人流如蚁群，舔着街道边沿游走

时间是乡下田野最柔软的东西
是那里的小溪、那里嫩嫩的绿芽
我想如果所有的时间都流进城里硬化
堆积成城里的房子
时间就没了，我们也就没了

那我们会变成什么呢
我们都会变成城里房子里的骨头
地球将变成又一个骨白的月球
或变成另一个冰硬的火星
上面全都是空房子和骨头

那你说我们过去拼命占住地球上的土地
又有何意义？

村支书日记之八十五

（2017.8.15，星期二，晴；丁酉鸡年闰六月二十四，日本投降纪念日）

今天村里为修建文体广场调整部分土地
有些村民为了一丁点儿土地互不相让
争吵不休
左说右说，好不容易平息
由此，我静下来思考土地

千百年来
我们的老祖宗一直在争夺占领土地
为了土地发动战争
因为土地上有泥土，泥土里能生万物
养育我们一代代，生生不息

我想从泥土里捡拾瓦砾
那是泥土的骨头
从瓦砾里我看到了泥土的年龄
泥土因瓦砾的诞生而被赋予了新的生命

今天我要从时间里挖掘瓷器和甲骨文
秦皇兵马俑不同意
因为不能动泥土的老祖宗
说一挖就会松动或割断泥土的根系

我要把甲骨文刻在我的脸上
把瓷器的图案刺在我的背上
把泥巴裹满我的身体
让时间和岁月去烧烤，把我烧烤成兵马俑
看我怎么保护泥土、保护土地

村支书日记之八十六

（2017.9.9，星期六，阴雨；丁酉鸡年七月十九，毛主席逝世纪念日）

按照扶贫进程的时间表和脱贫指标考核标准
今年我村有两个贫困户即将脱贫
下半年马上进入整理材料阶段
有人打开手机在看毛主席逝世纪念日的视频
歌颂主席一生全心全意为人民服务的丰功伟绩

我的手机突然亮起一个熟悉的来电视频
原来北京我儿时的一个兄弟离世
视频是追悼会现场
我丢下手中的活儿，一下心情变得沉重
看着视频不觉泪如雨下

死亡总是离我们很近
就像在南方的夏天
又一次听到北方下雪的消息
我抬头
从一片落叶看到时光的凋敝

当一片落叶复制到我的脸上时
岁月已成了我脸上的皱纹
生命以皱纹为网
想网住自己的流逝
生命有时防不胜防
无法抵抗意外与病痛对自身不可抗拒的毁灭

生与死总是那么匆匆地来去
来时悄无声息
去时也悄无声息

生命总是以折磨自己之躯体而逃生
直到面目狰狞的死亡之躯让生命逃无可逃
最后留给世间以恐怖与悲怆

村支书日记之八十七

（2017.9.18，星期一，雨；丁酉鸡年七月二十八，"九·一八"事变纪念日）

接连下来的几天天气一直不好，很沉闷
今天的天气也很不好，让人的心感到很痛
我去参加了隔壁村一个扶贫队员的追悼会
他前两天为了去接一个贫困户到镇上
办无息贷款手续，不幸翻车身亡
车，意外掉到悬崖深渊去了

天地都很累，雨帘一来
拉拉竖琴
也可把劳累拉成阴阳两极
让天地分崩离析
一曲痛恨过后，是阳光曲
阳光的竖琴，只有欢乐的叶子
没有泪水

远去的英灵为我们留下光辉
无论是月亮还是星星
尽管他们离我们远去
但他们的光辉
永远照耀我们阴暗的背面
灵魂在黑暗中飞
黑，只是让我们找到亮光
看清什么才是我们所选择的光明

我想，我愿随一颗流星而去
那是我今生最后的航向
在追寻自己最后的疯狂或自己的失控中闪亮
灵魂缘于一种光亮而永远存在
生命因存在，于一种偶然的光亮中成为永恒

村支书日记之八十八

（2017.10.4，星期三，雨；丁酉鸡年八月十五，中秋节，世界动物日）

今年的中秋节，镇里破例发了月饼
一时高兴，有儿时过节想飞的感觉
飞，真好
飞，追求圆满
很好地飞，飞好了才能回归，才能圆满
中秋节，是飞的梦想回归圆满的时候

叶子给泥土展开飞的梦想
最初飞上天空的叶子化作了飞鸟
飞鸟最后化作了飞机、飞船、月亮和星星
飞，是那些不愿囚禁不愿死去的心
在寻求自身的超越与解脱

最初的小木船，从一片落叶开始
重生于水上
从此，飞的梦想由天空转向水面
飞，从山林小溪到江河湖海
于最低处尽情地展示飞的最新姿态与梦想
于是无论生命的低微与高贵
飞，成了所有生命不死的向往

泥土，其实是从前飞而跌落的翅膀
而石头只是飞的生命死后跌碎的骨骼
尘埃是飞，那不死的灵魂
它们在大地上，不断营造新的梦想与天空
所以，天空总是变幻莫测
浮云总是在演绎一个多梦的世界

从翅膀，我们可以看到飞的高度
从船，我们可以看到飞的深度与底线
叶子是飞鸟的祖先
而无论是飞鸟还是游鱼，都是船的祖先
船，抑或飞机飞船，是一种进化了的翅膀

飞，飞飞飞
飞，需要翅膀
飞的高度是无限的
飞的深度是有底线的
月亮是一片飞上天空的叶子，晃动着变幻圆缺
今夜无风，月儿很圆，圆圆的月儿已回到我们眼前
星星用它的翅膀把我们带向永恒与遥远

村支书日记之八十九

（2017.10.17，星期二，晴；丁酉鸡年八月二十八，国际消除贫困日）

阳光似绳索，在拔一种东西
一直在拔，从东拔到西，转了半个圈
我们仍然没有看到拔出什么来

阳光撤退了
悬天的力，散去
一会儿，许多东西一下都从夜幕里浮出来

所有的愿望似星光
你是我所有的愿望拔出的一个梦
浮在我睡熟后冷冷的天空

我们的扶贫工作多像一股阳光的绳索
在使劲地拔，拔掉贫困的根子
二三十年了，天天拔，看似没拔出什么东西来
可闭上眼睛，再突然睁眼一看
一个个脱贫致富的景象就立即浮现在眼前

村支书日记之九十

（2017.11.23，星期四，雨；丁酉鸡年十月初六，感恩节）

时间过得真快，即将召开今年扶贫总结大会
扶贫工作马上进入新的转折点
今年夯实基础
明年开始决胜三年
全国全省全县全镇全村全面脱贫
倍感重任在肩

雨，又一次丈量
天空与每一寸土地的有效距离
天对地的管控，每个季节
都需要调整

鸟，在反馈信息
风，在认真评审
不同的海拔有不同的标准
山地与田园在试验阳光植入的内容
形式与内容的统一
才是向土地求索的最佳方法

我们从前走过的路，都已长满了草
新走的路，都已被水泥硬化
我的童年，已在牛脚印里开出了花
我的少年，只是一些大街小巷飘浮的身影
我的成年，根一直扎在泥土里

白云在擦洗天空，岁月在夯实土地
待到春雷炸响，警醒大地
生命重生，唯有植入田畴
方可树起真实的自己，结出真正的果实

村支书日记之九十一

（2017.12.11，星期一，阴；丁酉鸡年十月二十四，国际山岳日）

村里第一书记
今天安排我们了解贫困户今年的产销情况
摸底造册

秋到深处，秋收接近尾声
颗粒归仓
一切进入收缩程序
冬，开始封禁

风，是最忙的高铁
来去穿梭
叶子都在打包那些回家的行李
日子安排了行程
一股股风，呼呼呼，在疾驶
在运走一些有形无形的东西

每一棵树都是高铁站
风要从这里
把所有的落叶送回家乡
一股风来，一辆高铁发出
一批落叶就乘风而去

落叶在风中摇晃
在睡梦中回归故里
风，不止载走了这些叶子
还载走了叶子的梦
载走了每一片叶子的一生和追求
唯有田垄的稻秆、禾蔸坐等冬雪来临
洗浴洁身，入土重生

村支书日记之九十二

（2017.12.15，星期五，阴；丁酉鸡年十月二十八，世界强化免疫日）

我一位支藏扶贫的微友
今天打电话和我谈他们那边的扶贫工作
他说那边有我不可想象的艰苦
身上皮肤有些地方都溃烂了
本来支藏原出于一种好奇、好玩的心态
但现在不得不忍痛进入角色了
最后他高兴地说，他写了一首自己满意的诗
随后他把诗发给了我：

"我站在高原上，沙漠多么神奇
一块皮肤溃烂，不可医治
便成了沙漠
再要长出皮肉来很难
就像我的灰指甲
已成了火山爆发冷却后的喷口

草原，是长不出长毛的肚皮
那些黑森森，长毛都长在腋下与沟谷
那些森林绿洲像是那湖边梳洗的头发
鸟儿是镜头缩小的格桑花
标注孤独的不同海拔

牦牛，藏羚羊，虫草
是一些搬动地平线的浮标
像鼠标一样点击高原最精彩的地方
牧羊姑娘在编辑关键词
搜索大漠上的神奇

帐篷是这块土地上
生生不息扎下根的云朵
旌幡，哈达，庙宇标识着神下榻的地方
那里的大昭寺散播着从人间痛苦里冶炼出的福祉
而那用先人的骨头建筑的布达拉宫
是与天对话的声波传感器"

村支书日记之九十三

（2018.1.5，星期五，雨；丁酉鸡年十一月十九，小寒）

扶贫工作队
今天一早从县里带来了冬季防寒物资
棉被、棉衣、暖水壶等
领头的一个副县长也来了
副县长要求所有扶贫工作人员一起行动
务必在今天把所有物资发放到所有贫困户

我带着副县长走到残疾老人肖常德家
老人兴奋地迎出来
我说县里的马副县长给你送防寒衣、暖水壶来了
老人握着马副县长的手，颤抖着，泪水止不住地流
老人说，共产党太好了，习主席太好了
暖身又暖心啊

泪水总是与爱有关
爱失落了，有泪水
爱，获得了，更有泪水
泪水在失落而后获得的撞击中流淌
爱不能碎，不能破了
爱，需要修补，需要供给和灌注
泪水在痛苦后的幸福中流淌

泪水，是爱做的
它只为爱而流
爱有深浅，泪水有多少
爱得越深，泪水就蓄积得越多
爱有大小，泪水有大小容量体
大爱需要大胸怀，有包容天地之爱

才可蓄积大江大河大海一样多的泪水

如果失去爱人，爱会裂开
泪水会洗濯伤痛的心
心在泪水里愈合，懂得如何再爱
如果失去父母，爱会撕裂
泪水会洗濯人的一生
伤痛的一生会在泪水里愈合
懂得如何感恩，珍爱生命

如果失去祖国
爱会炸裂，爱会像火山一样爆发
像台风一样席卷
翻江倒海的泪水会淹没我们的呼吸
洗濯我们惨痛的灵魂

我们只有爱祖国、爱党
保卫祖国、维护党
才能获得祖国的爱、党的爱、人民的爱
那么让我们的灵魂在爱的泪水里淘洗
去感受我们的祖国，以及党和人民最强大的温暖

村支书日记之九十四

（2018.2.4，星期日，晴；丁酉鸡年腊月十九，立春）

好不容易，今天闲着
田野里一片安静
我与几只鸭几只羊约谈

这里没有咖啡店
没有茶座与卡座
只有一片冬天下的草地
秋收，带走了这片田野的所有
只留下收获后的残迹

这些残迹
与从寒冰的地里冲出来的小草为伴
庄稼走了，小草有了自由的空间
小草不为啥
只是为庄稼守住泥土
只是希望能把天留住
把太阳留下来

小草约了鸭，约了小山羊
我也约了它们
小草不知道
大家都在一起，不说谁约谁
大家一起谈

它们说，我对它们很陌生
只是从天空感觉过我的语音信号
问我为何今天在此要约谈大家
我说，我是它们的乡党、亲戚

这次不开会，不扶贫，不汇报
用闲时会会大家

我说我们可以讨论一个问题
同生一块土地，有翅膀
为何不一定要飞
有脚，为何不一定要走出村庄
心，为何可以随便动
心有多远，为何可以走多远

大家对这个问题很敏感
这正是它们一直思考郁闷并无法排解的难题
生命并不是无限自由的个体
总有无法预测与无法掌控的天外之物
冥冥中在主宰我们的一切
这个问题人类无法破解

春天，已来临
小燕子飞回的翅膀正弹拨天空
我想，唯有庄稼回来
才能给大家一个满意的答案

村支书日记之九十五

（2018.2.16，星期五，晴；戊戌狗年正月初一，春节）

今天起得早
吃过年夜饭，天微微亮
我到河边走走

去年年末，雨水少
大多河道干枯
水走了
河床无法掩饰自己的痛
痛是污、是沉积、是无法排解的杂陈
是滞留的一根锈蚀的针刺
与一颗颗化不去的卵石

水，多美的掩盖
给河道多么美丽的容颜
没有水的河道，让我看到了
生命退去，只剩下了
骷髅、枯枝、残叶
一些剜掉了肉的东西

冰雪只是膏药
唯有滚滚春潮的濯洗
方能再次长出新嫩的鲜肉

昨夜不知烟花烧去了多少东西
该烧的都烧了，留下的不再是秘密
今日一早，树与树在相互作揖
草与草在相互敬礼
把冷白的露水抖在地上

阳光在输血
紧张一夜的风歇下来
一下子放松了天下的所有

风停了，花开了
天地一下自由了
叶子舒展，心愿打开
土地深处在胎动
该出生的已进入预产期
我的脚趾在痛，趾甲在发芽

五

2018年2月19日—2019年2月19日

一万年太久，只争朝夕……

村支书日记之九十六

（2018.2.19，星期一，阴；戊戌狗年正月初四，雨水）

春天是一个俏皮姑娘
她用丘比特的箭射向谁
谁就走桃花运了

昨夜路灯，偷取了篱笆下
一只猫与另一只猫深夜"咩咩"交媾的暗影
藏在秘书小李子那一夜未归的空屋里
今天一大早，大家突然发现
李秘书家门前那几年不见开花的梨树
一夜之间，美美的一树梨花全开了

看来昨夜秘书小李子
一定是走桃花运了
果然不出所料，我刚走进办公室
李秘书就紧跟我的后脑勺进来了
他拍了一下我的肩，站到我面前
面对我，红着脸，紧张，激动，大声地说：
林书记，我结婚啦！明天就请大家喝喜酒呃

请柬一下递到了我桌上
他悄悄对我说
从姑妈做介绍到结婚
时间还不到一个礼拜
啧啧，真牛啊！

春天真奇妙
一说谁春心已动
花，就开了

万花齐放，百鸟争鸣
云朵藏下鸟鸣，戴着透光的面纱
帮花蕊在朝阳下悄悄受孕

村支书日记之九十七

（2018.3.5，星期一，晴；戊戌狗年正月十八，惊蛰）

我刚兴奋地在村里工作会议上
传达了中央一号文件的新精神
秘书突然接到电话
说扶贫工作巡视组来了，大家一惊，散去
立即回到自己的工作岗位上忙活起来
我连忙走了出来
站在河边的公路上，静候巡视组的大驾光临

河岸边的草
伸出脚试探春水的深浅和水温
把消息告诉了河岸上的柳树
柳树，懂了
柳树的脚从水下偷偷穿了过来，到了对岸
对岸柳树的脚接洽了它们
相互拥抱，沟通一体
两岸的柳树相视而笑
风，在无端地推测
河水，傻傻地流淌

春天里，杨柳暗度陈仓
岸上的姑娘，用鸭梢赶着水波
最先笑了
岸下的活物，涌动春潮
大地从此都
按捺不住急剧的心跳

村支书日记之九十八

（2018.3.21，星期三，雨；戊戌狗年二月初五，春分）

田垄里，春暖花开
我站在大桥上
看春水，它从远处的雪峰山上来
一个碧波，来自一坨雪冰
一座雪山，化作眼前一江春水

望着春水，往事便历历在目
我中学时代有个恋人
我们曾在这桥下，有过那么一刹那的风流韵事
甜蜜的事情总是一直铭记在心底
难以释怀
听说她后来嫁到雪峰山去了
再也见不到踪影

我面对桥下，来自雪峰山的雪水说
我不知今生还能用什么送给你
你那颗温暖的心，是我那久远的灵魂宿住的巢
雪峰山上的每一粒雪花，都是我久远的思念
我怕心腐朽，我怕见不到你
我让那不尽的思念一直追随你在那雪峰山里窖藏

我从前生穿过，来到今生
我已委托了雪峰山起用我亿万年的情债
让我花一千年等你
等你再一次在桥下，继续我们的情缘

村支书日记之九十九

（2018.4.1，星期日，雷阵雨；戊戌狗年二月十六，愚人节）

今年扶贫工作已进入最后决胜三年
扶贫工作压倒一切
上追下压，逃无可逃
像一场歼灭战，必须打赢
大家只好勇敢面对，并要树立必胜的信心

我刚从贫困户老姜那里
落实问题回来
天空，突然春雷一声炸响
一场大雨，盆泼而来
雨，拼命地向我追来
我连忙跑到了村委会

你在奔跑，他在奔跑
大家都在奔跑
雨，在追杀我，追杀你，追杀他
四面围困着大家

不管怎么拼命跑
那些正在田野中春耕的人
很快就被逮住了
他们在雨的围困中，被一顿穷追猛打

跑的人，有的摔倒在田埂上
有的摔倒在山路上
我们的第一书记摔倒在了田中央
大家与风，一起在雨中笑

这场雨，像大海中的一场台风
致使海浪翻腾，追逐一条大鲨鱼
一片海浪的呐喊声，追杀声
一直把大鲨鱼围困到了海岸上
只等新来的海浪，把它押回大海

我常被梦围困，被梦追杀
我没有翅膀，常在被追杀中惊醒
人一生下就被梦追逐，被命运放逐
最后被梦捆绑，押回自己来的路上

而后，被淹没在一片虚空里
让蓝蓝的草，无处不在地
掩盖我们一生最后的忧伤
让一生中阳光留给我们的影子
在扶贫的历史上写下我们的名字

村支书日记之一百

（2018.4.18，星期三，晴；戊戌狗年三月初三，上巳节，宜祭祀、沐浴）

今天第一书记给我们上党课
他切合实际教导我们说
尽管扶贫工作难，但并没有我们想象的那么难
只要大家明确任务、找准对象，有的放矢
少说话多做事，多吃苦少扯淡
灵活机动干实事，主动应对不扯皮
没有做不好的事

我想第一书记说得非常好
我想人首先要学会自我定位
不仅要自己找到自己，还要找到另一个自己
另一个自己是超越
只有不断超越自己，才能与过去的自己告别
找到新的自己，进行新的定位
这个过程，尽管很艰难，但我们必须要去做

如果一个人故步不前，找不到努力的方向
浑浑噩噩混日子，就像一个人自身有了重影
无法叠合，又无法一下完全分离
纠结，不得安宁，就会眩晕
七魂出窍，恍恍惚惚，世界在摇晃
摇晃中，一个个原有的自己逃离而去
自己成了空壳

月亮通过水面找到自己的对立面
人通过镜子找到一个与自己对立的自己
一个人有了对立面
就有了对立的自己

这样才会认识并把握好自己的本身
才能完成好对自身的超越

走出村委会，太阳刚好在正顶，光芒四射
我看到太阳光圈，一个个射出来，投向我
它们想套住我，结果陷入了我的眼睛
它们在我的眼睛里不断重叠，集聚成一道光晕
让我看到了一个个不断更新的自己
让我从一个自我的世界
不断走了出来

村支书日记之一百零一

（2018.5.4，星期五，晴；戊戌狗年三月十九，青年节）

昨晚看习总书记对扶贫工作的论述
一直看到深夜
我很受启发

的确，扶贫不光是工作，也是生活
工作全身心投入，扎在生活里
有心，自然就会开花

生活，把我们埋得越深越好
在生活之下，自我膨大
长成红薯，萝卜，芋头，葛根
抑或其他什么，都行
只要根深蒂固
在生活之上一定开花，结出果实
给世人留下奉献，让受益者感恩
在人间，给后人留下最美的纪念

我们用一生扎在生活里
就像播下永恒的种子
在生活的土壤里，该呈现的一定会呈现
不管风霜雪雨
我们的意义就是坚守土壤
把一切美好留给人间

村支书日记之一百零二

（2018.5.21，星期一，阴；戊戌狗年四月初七，小满）

今天市里督察组督查
发现一个年轻的扶贫工作队员出了点问题
不仅不反省
还骂骂咧咧，说这说那，怨天尤人
好像只有不怪自己才是对的

我想不管是谁
工作失误，在所难免
但我们都得学会反思，不要怨天尤人
有则改之，无则加勉
有问题，查漏补缺，把工作重新做好就行

我想，为什么天空老是有那么多云彩
那是让那些望天的人
以为所有的得失都在天上
所有的利益与冲突都挂在云的脸上
其实只有雨水才是上天对我们应有的谅解

我们的劳累，我们积压的痛苦，我们的汗水
总会从一个地方，一次性喷射出来
无可遮蔽，无法隐瞒，无以抗拒
喷射出来，洒在哪里都是直达痛点的幸福

我把我的所有都放在地上
地上能长出太多实质而可触的东西
能发生太多可感的变故与不可预测
能产生太多可记忆的童话与故事
一句童谣可把我们的世界概括好几个世纪

一个世界，一个天地
想囊括一切是不可能的
我们的最高需求都会随阳光穿越而去，到达天外
从我们无法意识的角度，到达我们无法想象的遥远

村支书日记之一百零三

（2018.6.18，星期一，雨；戊戌狗年五月初五，端午节）

昨夜，突降大雨
今天早晨一直还在持续下
上午十点，洪水已漫淹了田野

村庄的水渠像汹涌的江河，浊浪四处漫溢而出
县里镇里打开高音广播，下达抗洪抢险令
我接到镇里书记叮嘱的电话
马上集合村里班子成员，分派到各村民小组
紧急动员群众
做好安全防护措施，做好抢险准备
我安排自己回自己的本组做工作

记得父亲去世那年
一场暴雨，雷电交加
撕心裂肺的雨，下了好久
父亲为了抢救生产队的一头牛被洪水冲走了
不再活着回来
同时疯狂的风摧折了村头的那棵大树
洪水洗劫了田野所有的庄稼

那树，是爷爷的爷爷栽种的
慢慢长成了村庄的地标
树被摧折，村庄很失落
村庄仿佛折断了过去的历史
失去了勃勃向上的生气

今天面对这么声势浩大的洪水
母亲又给我讲述当年那场暴雨

讲着讲着，母亲哭了，我也哭了
我感觉那场暴雨一直还在下着
似乎那些雨，掺和着母亲当年的泪水
一直还在养活着我们

雨终于停下，洪水慢慢退下去
云破天开，大家虚惊一场
火辣辣的太阳出来了
看着退去的洪水
我不知不觉，来到了父亲的墓地
父亲死在那场雨里
还有许多人死在某一场不同的雨里
都一一被安葬在这里

人生都会面临许多场雨
在雨中总有一些亲人会死去
他们的尸骨
慢慢堆积成土地的厚度
让土地变得有硬度

一个个坟包，一包包中草药
安定死者灵魂，为生者疗伤
我在父亲的碑前默默伫立
周围的草木甩掉了那些不谙世事的风
也在矗立

阳光，热烈地照下来
像上帝滚烫的泪水

村支书日记之一百零四

（2018.6.21，星期四，晴；戊戌狗年五月初八，夏至）

今天又一个被介绍到深圳打工的贫困户
主动向乡村里申请脱贫
他说年底没空回来办理脱贫手续
趁端午节回来把手续办理好，免得给村里添麻烦
据说他还送来了牌匾，说为了感谢扶贫工作队
说要感谢扶贫工作队第一书记
给他介绍了那么好的工作

我接到村委会的电话
连忙从镇里会场赶回来
一路上，我发现一只蝴蝶在追我
那是我曾经从河水里捞起的毛毛虫
把它放在河边的草丛里
想想它当时的可怜
还有那一身毛刺给人毛骨悚然的恐怖
我心情就很激动
啊！脱胎换骨不容易
自由欢乐与美丽
来自在痛苦中长期修炼

人间与天堂，隔着苦难的空间
三维时空转动
启动另一个时空的门
那是我们每一个生命应抵达的快乐世界

村支书日记之一百零五

（2018.7.1，星期日，晴；戊戌狗年五月十八，建党节，香港回归纪念日）

今天是建党节，也是香港回归纪念日
建党近一百年来
我国人民从黑暗走向光明
国家兴旺发达，各行事业蒸蒸日上，换了人间

时间过得真快，美好的生活
让我们感受到时光那么妩媚
不由让我又一次思绪联翩

我在想，这个世界
是时光比我们走得快
还是我们比时光走得快
是时光慢慢给我们带来了幸福
还是我们慢慢把幸福带给了时光
是我们活在时光里，还是时光活在我们里
是我们先发现了美丽的光，还是美丽的光先发现了我们

我们需要对这个世界重新认识
这么美好的世界它是怎么来到了我们面前的
它在我们的面前，我们又将如何重新进行面对
世界万物生生死死，此消彼长
它们在提示什么？或暗示什么？
一个鼠窝，一个蜂巢，一个蚁穴
都在各自分割驻守中，去不断改变属于它们的世界

生命怕黑，总渴望光明
就像我们怕饿，总渴望食物填肚
我从一个人的眼神里

感到了异样的光与光异样的力量
而我从另一个人的心与心的深处
却发现了异样的黑与黑带给人的异样的恐惧
光与黑总是蛇鼠虎豹一样，不断在交替中进行殊死交战

我们不知这个世界将来还会有怎样的巨变
更不知其光与黑的配比秘方
我们只能用光去感触黑与黑的流量
只能用黑去发现光流的方向
用光去勇敢面对黑，为战胜黑而付出自己的牺牲与能量
如果你是我的光，我是你的黑
那么你必须在驱赶我中生存
而我不必在追逐你中躲藏
通过你我，让世界懂得什么才是真正的黑与光

村支书日记之一百零六

（2018.7.11，星期三，雷阵雨；戊戌狗年五月二十八，世界人口日）

夏天，是万物生长抢食的时候
扶贫工作正在紧锣密鼓地进行
扶贫干部都深入田野帮助贫困户杀虫施肥
整个田野在一片青翠葱茏中
闪动忙碌的身影

当所有的叶子都吃饱了阳光
天就撑高了，水就染绿了，大地就长肥了
庄稼和草木都回饱气了
泥土就开始稳不住那么多的根了
庄稼和草木的身体就都开始摇晃了

饱气汇成风
催促白云四处在抹擦天空
擦着擦着，一块块白云就都擦黑了
黑了的白云，像乌黑的火药
太阳在它们的上面狠狠地烤
烤着烤着，就炸开了

此时，炸开的火药
从天空倾落
像一串串点燃的鞭炮掉下来
掉在地上，到处在啪啪炸响
末了，烧化成了水，汇成了水流
奔涌的水流
像一个露馅后，现出原形的精怪
横冲直撞，四处逃窜

它们的火药味一直未消
在它们逃跑的路上
一路撞击，一路炸响
整个夏天，已是满肚子的火药水

村支书日记之一百零七

（2018.8.7，星期二，晴；戊戌狗年六月二十六，立秋）

今天又是艳阳高照
夏天的田野真好看，碧玉一样
慢慢，田野像从一块碧玉的化石里
渐渐透出金黄

面对一块土地，看久了
隐隐觉得土地里不断飞出新的东西
定睛一看，是迎风飘动的稻禾
眼花了，稻禾里就有父亲母亲和兄弟姐妹
在地里劳作的身影
揉揉眼，眼光里就有我小时候哭鼻涕的情形

人生短暂，转眼如云烟
一万年太久，只争朝夕
我想我一定要从土地里飞出去
我多像是一块土地里爬出的蚯蚓
想在泥土之上吼吼气
再蹦跶蹦跶，洋气洋气
谁知没蹦跶洋气多久，又回归了泥土

我多想做一只从一块地里飞出的鸟
飞得很远
然后在林子里筑个巢，生儿育女
飞啊，飞，想飞得再远一点
但，飞着飞着，发现飞得再远总要回来
因为再怎么飞，也离不开巢了

看来我们人的一生，既要想着能飞出

也要想着能飞回来
飞出飞回，来来去去
只是在诠释生命在这块土地里的意义

村支书日记之一百零八

（2018.8.17，星期五，晴转多云；戊戌狗年七月初七，七夕节）

村里工作千头万绪
除了专项扶贫工作，还要处理其他许多事情
家长里短，婚丧嫁娶
各种矛盾纠纷，纠结不清
今天，刚调解了一桩离婚案
又要去喝一家的结婚酒
这个世界的爱恨情仇难以道清

我走在村道上，四处布满瓜藤
南瓜藤深爱着大地，枝条长出根须
抓进土地，在稳健爬行
一朵花，又一朵花，从藤节举出来申请要开放
丝瓜藤，腾空上架，像仰头嘶鸣的马群
一匹马紧贴一匹马地爱恋着
如果再爱一点，可能就会出现问题
果然，云看到了，已嫉妒得乱了方寸
太阳看到了，已大胆地喊出了自己的爱情
突然晴天霹雳，狂风大作
一场暴雨倾盆而至
丝瓜藤架訇然倒下
此时南瓜藤，丝瓜藤，在风雨中已纠结不清

风一吹，云一过，就雨过天晴
我多想像一只蜜蜂
坐在一朵花里吸着水珠，看另一朵花开
从另一朵花开，再飞去更多的花蕊舔舐蜜汁
像许多男生，吃着碗里的，想着锅里的
乡下的花尽管朴素无华，但更招蜜蜂喜欢

我多想像蜜蜂一样找到天下所有爱我的人和我爱的人
并一一记下她们的名字
再像蜜蜂一样，一一吻她们

田野里，稻禾在扬花
风，撅着屁股，推送波涛
小河边姑娘的花被单
收容了小伙的天空
目光和目光彼此在交叉中擦出了火星
心擦热了，小伙赤身蹚过河去
像一条大鱼，突然腾空而跃
把姑娘扑倒，两条鱼嬉戏
扑腾，扑腾

在小暑里迈开了步子，在大暑里有了回音
山不转，水转，你们已黏合成了最好的山水
山水交融，天地合一
这个季节，什么都有可能发生
你愿做比翼鸟，他愿做鸳鸯蝴蝶
尽情抒发情感，把爱写真
尽情感天动地，书写爱的传奇

村支书日记之一百零九

（2018.9.3，星期一，阴；戊戌狗年七月二十四，抗战胜利纪念日）

今天扶贫工作队第一书记
由于过度劳累，突发脑出血
正在医院抢救

过了六个多小时
传来消息，终于脱离危险
仿佛一个人从死亡线上，挣脱魔鬼
又回到了人间
就像路，穿过荒漠
蚯蚓爬过石头，从一块地迁入另一块地
石头不再是界碑
像毛细血管穿过肿块
麻木的区域在苏醒中，懂得了痛
肿块软化，开始红润

太阳是一个血袋，吊挂云天
向荒漠与苍生输血
充血的花草树木，拥向荒漠中的路
沿路一字排开，在庆贺
路，开始激动
软化如动脉
脉流畅通如江河
所有的阻挡已被新的时光冲走
所有的暗伤遗址被遣送在世界之外
新的时光从绝美的音乐声里不断呈现
进入一个只有花香鸟语的世界
在这个世界里，品尝的是一个个新鲜的果实
从脉流弹拨的每一个新的音符里

挥去岁月的按压与剥蚀
重新活一回

病房里，大家静静地，紧张地
看着扶贫工作队第一书记的脸
忽而，看到他的眼睛
在慢慢睁开

村支书日记之一百一十

（2018.9.23，星期日，晴；戊戌狗年八月十四，秋分）

今天秋分，太阳直射地球，是个好时令
明天是中秋节，镇里要开会
今天特意去陪母亲吃个饭

当岁月老到可以被点燃
那么亲情相聚
就可以把岁月
烧得很旺

山上的清泉流下来
流到山湾小屋母亲的眼眸里
汪汪的清，清清的汪
那是母亲少女时期曾有的汪
那是从岁月深处流过来的亲情
母亲把亲情舀进锅里
把爱煮沸

一只鸡，一只鸭
咯咯，咯咯；呱唧，呱唧地叫着
它们吐露出活着已久的开心
向母亲表达决心
它们愿意献身，去牺牲自己
让母亲割断其喉咙
直接交出生命，赴汤蹈火
在神龛上，向逝去的父亲献礼

母亲有许多最疼的爱
鸡鸭鹅，鱼羊猪

为了每年佳节，为了亲情每年都能相聚
最后把它们都端到桌面上
让一家人在相互谦让中，嚼进肚里

当醉了的天，已暗下来
月儿，只是一个火柴头
从夜色里擦过
擦，擦，擦，夜很潮
突然一粒火星，喷射天空
最后总算把夜点燃
把世界上最美的情感
最美的爱和等待，烧起来

烧，烧，烧
烧成一个火球，叫太阳
第二天
太阳决意要把这个世界烧制得更美

村支书日记之一百一十一

（2018.10.10，星期三，晴；戊戌狗年九月初二，辛亥革命纪念日）

今天扶贫工作队请来了省里专家
来村里上课
传授农业生产技术知识和新农村发展新思想

这时风儿吹拂着田野山岗
一片田野，一片森林
一群，又一群听课的人
他们在听领导讲话，在听专家讲座
时不时有鸟儿点评
发出一片掌声

森林下那片草地上的小草
还有禾田里的小虫子
是一些可爱的孩子
像在听大人讲故事，像在听幼儿园老师上课
听着听着，注意力不集中
总在台下交头接耳讲话，做游戏

地球是一个大课堂
大中小班混合交替开课
它是宇宙中最卖座的课堂
不管日晒雨淋，听者
都坚守在自己的座位上
听课，做作业，交答卷
亿万年来，我们都还在地球上做学生

村支书日记之一百一十二

（2018.10.22，星期一，雨；戊戌狗年九月十四，世界传统医药日）

现在的天气总是反常
要么连续出太阳，热得死
要么半个月阴雨，冷得死
好像只有两个季节，夏季和冬季

又有半个月不见太阳了
田里的没收下来的稻谷都快要发芽了
从上到下，领导和村民都急得要命
太阳不知是到哪里睡觉去了
也不知这次太阳是睡在城里
还是睡在山里

过去的太阳从来不睡城里
它总是喜欢睡在乡下山沟里
每晚都睡得很沉很沉
乡下的大公鸡醒得早
总是想着早早出去在母鸡面前显摆
天不亮，就大喊太阳起床啦
声嘶力竭，所有的公鸡一个个接力齐声喊
喊一次，没动静
喊第二次，两眼惺忪
喊到第三次，太阳终于醒来了
醒来的太阳满脸通红，睡意蒙眬
腼腆害羞地走出来

现在的太阳是个酒鬼
现在的太阳已变态
倒在哪里，就睡哪里

太阳失踪成了常态
我们只有使用高科技
寻找发现失踪的太阳的行踪
现在有人发现
原来太阳经常睡在雾霾里
睡在沙尘暴里

习惯醉酒的太阳，脾气暴
一现身，一露脸，就火烧火燎，凶凶的
从没有给人以好脸色
今天，我们又等了太阳一天
傍晚时，大家才看到
它在后山上露了一下脸

村支书日记之一百一十三

（2018.11.7，星期三，阴；戊戌狗年九月三十，立冬）

今天，我村一个扶贫队员退休
特意到村委会辞行
我们除了感谢，没有什么好招待
只有一杯米酒抒衷情
他说大家的一片深情
要感恩乡村父老，感恩扶贫

泪水如小溪，在山村静静流淌
人总是要老的
尽管还有许多的事情需要去做
但事情是永远做不完的，留给后人去做吧
岁月不饶人，该退下休息就得休息
就像一个建筑物，使用期到
需要拆迁或维修

我这个建筑物，已老化
年久失修，按照专家评估标准
也应该贴上待拆标注
我，始建于20世纪60年代
由于那时物质匮乏，构造简陋
70年代加固，80年代改造重新装修
90年代增加内设机构
2000年后安装现代化设备
开始超负荷运行

尽管我的效能在社会上造成一定影响
大家认可我是一座质量不错的大楼
一晃过了半个多世纪

大楼陈旧，沉疴已久
致使各种功能丧失
设备老化，得不到及时更新与维修
已适应不了新时代的要求

拆吧，拆吧
反正再怎么也不能让自己变成文物
去获得国家保护
自己又不在重要位置，没有讨价还价的筹码
拆，就要拆得痛快，拆得干净
不要要拆不拆，造成人心惶惶
变得风雨飘摇，成为一个恐怖物

其实拆除我也很容易
就当违章建筑，来探测一下我的楼体
整个建筑物内，各重要区域结合点
时间早已为我安装了定时炸弹
只要你们找到引爆器，一按按钮
我就会提前轰然倒下
顷刻化为乌有

村支书日记之一百一十四

（2018.11.29，星期四，晴；戊戌狗年十月二十二）

感谢我的父母给我取了一个好名字
让世界认识了我，让大家记住了我
我的名字长在家乡的土壤里
让我变成一个独一无二的品种
能开不一样的花
结不一样的果

我还有一个小名，一生下来就落地生根
小名，叫菜芽子，注册在了村里的土地里
打小就嫩嫩的，胖胖的，大家都喜欢
小时候村里每一株小草都知道我的小名
每当我读书回家，母亲叫我小名
小草与小狗心里都笑嘻嘻

后来长大了，结婚了，生崽了，当村干部了
我的小名就慢慢在村里封存了
偶尔从老人的嘴里嗑瓜子时蹦出
我的小名里有老人讲给孙辈们励志的故事
也有许多童年趣事
暗藏了人生一段艰难岁月的苦痛

我的大名与小名不在同一个时空
小名活在长辈和童年伙伴的记忆里
大名漂泊在外面的世界里
小名常在小时候一起长大的哥们
相聚的打闹声里
被擂响

小名最后慢慢被母亲藏在墙缝里
随家乡的水土慢慢流失
大名躺在组织的档案馆里，到人生最后
会被档案管理员用火烧掉
唯有那些事业成功人士
他的大名永远活在人们的口碑里

村支书日记之一百一十五

（2018.12.9，星期日，阴；戊戌狗年十一月初三，世界足球日）

季节过得真快
今天村里又送走了一个老人
田野又少了一朵野花
天上少了一颗星星

春谢，夏凉，秋落，冬来
冬的田野，总是很寂寥
割掉稻秆的禾蔸长出尖嫩的青刺
冬如玻璃，风一吹
在青刺的划动中，破碎
怕冬而早勤的草，已死
可懒懒的草
从冬破碎的缝隙中，正睡醒开花
羊，咩咩叫
感叹冬的缝隙中，咋长出吃不完的草
一茬一茬，不停贴在土地长

我看到我的童年，走出冬的缝隙
贴爬在地面，站起想跑
跌倒了，又爬起来
爬起来，又跌倒
在追逐那群逃出冬，正在风中奔跑的青草们

太阳一下山，世界就变得特别冷
与太空一样，成了盛载亡灵的冰库
只要田野在，青草就不会死
我的童年就会从不同的季节
如青草，长出尖，刺破天
一茬一茬，长出来

村支书日记之一百一十六

（2018.12.20，星期四，晴；戊戌狗年十一月十四，澳门回归纪念日）

今天尽管是晴天
天气却很冷
寒风紧吹，一股一股
冰冷了我的身体
像是又要下雪的节奏

我走在回家的路上
霞光，映照在收割后空阔的田野
落日凄迷，像一个被丈夫赶回娘家的女人
我不由自主地多看了它几眼

前面弯道处
真的冒出一个女人
朝我迎面走来
此时的霞光正好照到她脸上
慢慢随夜色暗淡
周围的森林也跟着暗淡了下来
只留下一些明亮的余光在溪水里跳跃
我知道这些快乐的光最后都会溺死在夜来的路上
只有鸟儿羽毛的愿望被小溪的浪花保存
最后能到达远方

枯枝败叶，等待大雪的来临
它们折损自己，憋住叹息
它们以蛇与青蛙的勇气蛰伏去面对现实
这个世界暂时不需要谁独自发出声音
风除了表达寒心，它只是警诫我们勿言
那前面雪峰山上远处的寒冰在深处的撕裂声

是另一个世界发出最强的声音
在这个世界正接受屏蔽

等瘫痪的阳光有了力量
等雪的骨骼在积压里崩裂
进而融入季节的镪水
所有的芽尖都将从土地上齐发
呐喊声将淹没已死的僵硬
慢慢从生命的屏蔽里穿过来
喧哗又一个奋发向上的世界

村支书日记之一百一十七

（2019.1.14，星期一，小雪；戊戌狗年腊月初九，日记情人节）

今天女儿带着男朋友回来
看到他们甜蜜的样子
不禁想起我的从前

那时，我们爱一个人怎么就那么艰难
和他们寒暄之后，我自己走进书房
翻出自己从前的日记
记得那年也是寒冬腊月
天降大雪
等外出打工三年的恋人回家
心情甜蜜而急躁
我在日记本中这样写道：

"为了一场雪
一场意外与惊喜，我等你
等你，已忘了岁月
等你，我站在每一个寒冬的入口
等你，在南方，在自己的家乡
在家乡的寒冬
最后一次走失又找回的路上

风在施展魔法，在天空布阵
捉拿太阳放云库里冷冻
阳光慢慢冻裂
碎裂的阳光，化为白色的颗粒
从库缝里一粒粒逃出来
成群结队，坐着降落伞逃往大地

大地，又一次被冻死的阳光笼罩
白白的裸尸，喂食一切罪恶
最后救赎一个冬
去推开春天的门"

村支书日记之一百一十八

（2019.2.5，星期二，晴；己亥猪年正月初一，春节，六九）

今天大家都在忙过年
而我今年带着狗儿过个年

这只狗我只养了两年
就成了我生命的一部分
它与我相依为命
在家时，形影不离
我外出远游时，它守着家
在家等着我

它越来越需要我
我也越来越需要它
我们同出同进，同吃同住
谁也不要防备谁
谁也不会背叛谁
相互都觉得对方是依靠

女儿刚刚嫁人了，过年不回家
老伴在大女儿家要带孙
儿子在深圳，他们公司里太忙
初六才回来

今年我一个人
带着狗儿过个年

村支书日记之一百一十九

（2019.2.19，星期二，晴；己亥猪年正月十五，元宵节）

今天，阳光和煦
我一个人走在田埂上
田野上布满了秋收后残存的禾兜
像一群群傲视苍天的战士
一只羊"咩咩"的叫声
仿佛从远古的时空
让时间拉出了一队又一队秦皇兵马俑
这一支支征战的部队
正在整装待发

青草已让这里的一切恢复了生机
田野上新征的部队即将开来
这里又将展开新的战场
他们争夺的永远是新的阳光
他们摧毁的永远是旧了的时间
他们收获的永远是新的时光

我是时间的一个浮标
是一株带着时间行走已衰老的稻禾
那些为我使用过的锄头、犁铧、水车
早就跟随昔日的时间走了
屋前的水田里跳跃一些捉虫的小鸟
分辨现在与过去的时间
鹅鸭分批在屋后的旱田里大扫荡
把废弃的时间一一吞噬

世界这时没有安排好时间
让时光欣赏水沟里那些小鱼小虾的游戏

有一个未知的世界
突然听到我的脚步声
躲进了
前面土坎中的一个小鼠洞

这时山冈上的一头大水牛
仰天伸颈
哞哞长啸

六

2019年3月5日—2020年1月18日

生命，永远不要与时间抗拒……

村支书日记之一百二十

（2019.3.5，星期二，晴；己亥猪年正月二十九，学雷锋纪念日）

这个月，村里民兵连长配合派出所
刚破获了一起存款和保险诈骗案
村里几个老人被骗去的钱已追回
今天，刚买手机三天的脱贫户老三
又被网络诈骗了三万元

这个世界罪恶已让善良不得不长牙
每一颗善良的心都在长出牙齿来
防范恶的侵入
咬死恶于心口

就连那还没长牙的婴儿
也决心尽快长出牙来
不长牙，就会吃进三鹿奶粉
不长牙，就会被毒死在广告片里

罪恶张牙舞爪，善良把牙齿磨得锋利
牙齿，排排
像两道锯齿长城
堵住险隘，咬死罪恶

村支书日记之一百二十一

（2019.3.21，星期四，雨；己亥猪年二月十五，春分）

今年四八姑娘节，县里要搞隆重庆祝活动
村村要有比赛节目
我今天安排妇联主任教姑娘们训练广场舞
姑娘们冷得不敢脱衣服
我说，脱了，脱了，只要跳起来
冷就会热死

的确，今年春天来了这么久了
冬，还在苟延残喘
这个春天正义已缺席
我得赶快招来正义让冬自己制冷
冰冻它自己的呼吸，让它自己更快地死亡
死亡是冬自己唯一的出路
死亡才是它自己真正的生，真正的价值所在

我看到正义一来
冬，真的死了
春天愉快地来到我们的身边
和风细雨
我看到小燕子在河东，我在河西
一条河流割断了我和小燕子
在春天相望的眼睛
杨柳撩着春风
在跳交谊舞

村支书日记之一百二十二

（2019.4.5，星期五，阴雨；己亥猪年三月初一，清明节）

今天又一次来到死去亲人的面前
祷告
进行生死交流

人的死去
其实只是为了另一种更潇洒的活法
死，超脱了自己
只是为了另一种更好的生
这一种潇洒，这一种生
只是更好地为你活，为他活

清明节，生去拜访死，或死拜访生
此时生死互通，生死没有界限
生死互相安慰，互相祝福
无论贫贱富贵，一律平等
互相帮衬，互相爱护

人生无常，生死有命
无论生死，都有爱在其中
一种腹部的震动发出蛙声
那是蛙心跳的频率
传达这个世界爱的声音
爱，时刻都在发声

一种爬虫无意中爬上你的心窝
痒痒的，你手足无措，无以面对
一只青蛙从高速公路跳落到了国道
一只蚊子撞死在雨刮器上

这些并不是意外，都是爱的飞跃

你琢磨着世界每天在干什么
其实世界，什么也没干

村支书日记之一百二十三

（2019.4.20，星期六，阴；己亥猪年三月十六，谷雨）

今天我在县里开了扶贫工作会议后
去参加了高中同学的一个聚会
我在会上即兴朗诵了自己写给女同学的一首诗
我和这个女同学曾经恋过爱
我在聚会上
大胆地朗诵了这首诗：

"你在这个春天向我倾吐冬天里的爱
所有的爱
都已熬到了冬天最后的防线
只是在等待一次监狱的沦陷
一次门锁的砸开
一次窗玻璃的震裂
一次篱笆墙的突然坍塌

当窗外的梅花把爱坚持到最后
爱，已势不可当
暖意突破窗户纸
江边，春风早已牵着杨柳嫩嫩的手
弹拨烟雨，撩动清波
内心的缠绵，让世界顿时柔软
化作一江春水在流淌

是你吗
今天，我们在春天的一次意外相逢
让我想到人世间有天意
我未曾想过我们今生还会再相见
尤其是在这春情涌动的季节里

芽尖，蹦出了我的心跳
惊喜破开了板结的泥土
目光僵持在雨帘中

今天我来到这里
我并不是想在你的土地上
栽种啥子
也未曾想过在你的田地
散播我那未曾发过芽的种子

我只是得到了春天到来的消息
随身捎带了几绺阳光
让爱在那些阴雨的天气
保持着温暖"

我的朗诵，并没有赢得大家的掌声
只赢得一场，又一场
泪雨

村支书日记之一百二十四

（2019.5.1，星期三，晴；己亥猪年三月二十七，劳动节）

农村贫困户脱贫
其实并没有什么诀窍
我认为勤劳是根本，生产技术是支撑
不管在家务农，还是外出打工
勤劳加技术，无往而不胜
脱贫致富我们只要做到蚂蚁的勤劳
学会蜜蜂的技术就行

我认为蚂蚁是最忙的种族
蜜蜂，是从蚂蚁族进化出来的
一个在地，一个在天
蚂蚁靠脚手生存
一只脚迈出去，另一只脚跟上来
一只手伸出去，另一只手缩回来
它们在忙碌的觅食搬运中行走
它们的爱情不在路上，在家里
辛勤劳碌，为了家中温暖、爱情缠绵
耐心等待，等新的佳期自然漂来
爱在天，靠运通行

蜜蜂靠翅膀，羽翼没有左右
同时飞舞，平衡才能前行
追求需要飞行，亲近需要爬行
我找蚂蚁谈恋爱，我找蜜蜂讲爱情
蚂蚁爱得古板，蜜蜂爱得浪漫
尽管它们都爱情专一，一生只爱唯一
我和蚂蚁亲近只会捉迷藏，打哑谜
我和蜜蜂亲密都渴望去旅行，看风景

蚂蚁要我立下誓言
要我抱石头补天，把一座大山叫答应
在一座大山里筑巢，规避风雨
保持安定，心情安宁，没有异族侵扰
心头不能长荒草，麦芒要能穿过针眼
对牛说话，要温文尔雅
风吹草动，必须谨慎

蜜蜂向我求爱，不在乎我笨
她要求我，不再害怕一块石头会落在额头
把桃花看白，把梨花看红
从一双眼睛里捞出水底的天
透出天的蓝色，看出乌云就在身边
读万卷书，行万里路
在空心菜里打坐，透视红尘
当枕诗书，在四书五经里安放望远镜
环宇四海，无处不蜂蜜

村支书日记之一百二十五

（2019.5.19，星期日，雨；己亥猪年四月十五，旅游日）

扶贫已进入最后克难攻坚阶段
天天加班加点，有时通宵达旦
各种材料需要规范，各种资料需要收证整顿
暴露的问题需要落实整改

少睡，加上感冒
这几天一直头昏脑涨
总感觉我被一种东西罩着
有时感觉像罩在被窝里睡觉
有时懵懵懂懂，像做着春梦
时而蓝天白云，忽而细雨蒙蒙
杨柳树下，像有少女情意绵绵
撇嘴，挑眉
让眼珠子旋出眩晕的光

仿佛跌入深渊，出不来
就像一个天罩，天衣无缝
就像和尚，遁入法门，进入另一世界
有时想飞，也飞不出来
就像我们的天空
这个天罩，亿万年了，也飞不出什么东西
连一只鸟也没飞出天外
乌鸦，总是发出暗黑的鸣叫
宣示翅膀的悲哀
天鹅为我们演绎更接近天、打开天的幻想
癞蛤蟆是水族，从水里看到了天
想跃出来吃天鹅肉，跃出水面
发现天鹅在天上，竟然离自己那么远的距离

从此，生命水陆交通
天鹅肉成为水陆生命的一种冥想
它时常挂在佛堂或蟾宫的念想里
念念有词，让高僧最后的禅悟
成为一种禅语

天罩，罩着我们
出不去
月亮，只是一个冰冷的麦饼
我们厌倦了尘世
不愿做自吹自擂、自我安慰的困兽
飘浮在半空，吸食麦饼为生
待麦饼快吃完时，又长出来

吃不完的麦饼
养着虚拟的我们，总逃不出天罩
星星，似凿穿天罩而透出光亮的孔
我们刚爬上去，接近孔
太阳突然冒出来，似焊头
一下又把所有的孔，都焊接得天衣无缝

天罩罩着我们，像一个坟墓
封住我们，是想掩盖一个天大的秘密
这个秘密，必须天衣无缝
我们在坟墓里活着，坟墓的外面就住着上帝
而我们的坟墓之外是更大的坟墓
上帝为了表面说服我们，体现所谓的公平公正
坚持在更大的坟墓里活着

村支书日记之一百二十六

（2019.6.1，星期六，晴；己亥猪年四月二十八，儿童节）

今天儿童节，刚做完事
我就特意回家来陪孙儿玩
我们走在一片竹林里

孙儿说，她要学风儿飞
风最能飞，最不怕飞的累
鸟儿也一样，老在天空飞
它们天天在天空比飞
突然风停下来，鸟儿还在飞
孙儿问我，是不是
鸟儿偷去了风的翅膀

我说，是这样
鸟儿经常潜伏在树叶子里
倾听风的歌声
寻机偷取风的翅膀，偷取风的歌喉
你看，风现在偷偷
藏进了鸟的羽毛睡觉了
这时每一片叶子都保持了安静
鸟，再也听不到风的歌声

鸟在树上，听不到风的歌声
就开始打瞌睡
每当鸟儿站在树枝上打瞌睡
就一个趔趄，掉下来
惊醒的风

就马上展开翅膀
一下就把鸟救起来，一起飞

长年累月，风儿成了鸟儿
形影不离的好朋友

村支书日记之一百二十七

（2019.6.7，星期五，雨；己亥猪年五月初五，端午节）

今天端午节
我为屈原写下一首诗

一种仪式，喂养一个民族的历史
这种仪式，一年一度在延续
它的庄重与威严是一个民族的尊严

青色柔韧的生命
伸出一只手掌，握住天的疼痛
用时间勒紧，不让疼痛从历史里漏走
历史需要在痛中不断醒来

夏日炎炎，我们吞食疼痛
咀嚼烈日下烤熟的生活与甜美
让一条江去歌唱
以屈子墓碑为旗杆
以许身为国为旗，青山为帆
让东方一艘不断再新的航母
自豪于人类世界前行的海洋

一种脊梁，以龙的图腾
穿越时空，搅动乾坤
以楚地江河之水为席
狂舞于当今时间轴
把欢乐挂满各家的门楣
菖蒲艾草招揽平安符
驱虫逐魔，为我们降下福祉

从《九章》到《天问》
天地之悠悠，上下苦求索
寰球何时同此凉热？
人间何时皆安康？

村支书日记之一百二十八

（2019.6.29，星期六，晴；己亥猪年五月二十七，全国科普行动日）

今夜很晴朗
晴朗得没一丝云彩

我想夜深了，许多需要放下
首先肢体需要放下，然后是自己不安的心
许多需要关闭，首先眼睛需要关闭
然后是身边的灯光
放下所要，关闭所想

夜，是没有欲望的
星星，也是没有欲望的
有欲望的是月亮
它背着一包骨灰，还没有藏好
所有的亡灵都在追着它跑

白天忙，我们忘记了自己的归宿
夜里闲下来，我们担心忙的是否落空
总想急急打开明天
查看手里捞来的是否还在
因而我们老是在夜里失眠

该来的自然会来，该走的自然会走
忙与不忙，捞与不捞，都在展示生命的状态
不用担心自己的未来与归宿
每一颗星都是生命安葬灵魂的墓穴
也是我们一生为之奔去的光明圣地

生活，为梦在打工

梦，只是生命安慰自己死亡的过程
夜色，只是生命白天死亡的灰烬

村支书日记之一百二十九

（2019.7.14，星期日，阴；己亥猪年六月十二，银色情人节）

中午休息
我正在办公室看电视剧《平凡的世界》
昔日的恋人找到我，向我哭诉
说她离婚了，当年不应该拒绝我
几十年来一直在暗恋我
我说不用说了
人生的路关键在于自己怎么走
走错了，拐过弯，继续往前走

我说，今天你来了
我像剥开一粒谷壳剥开你
像砸开一粒核桃壳才见到你
你说你常见我
是你常在梦里蓬头垢面在街角
站在垃圾池边望着我

我真不知道，你为了暗恋还跟踪我
你以各种形式蛰伏自己
这种蛰伏，对于我们昔日的爱
只是做了泥土保护一粒种子的事情
做了一颗心体验另一颗心被抛弃的事情

一颗种子尽管因走出壳儿而新鲜了
尽管因脱离壳儿而自由了
但种子离开壳儿已死亡，不再永生
于是我们这次刚刚相见
已成永别

此时，我看到了
从裂开的水泥板缝隙钻出的草尖
正歪着脖子，伸出头
蔑视那楼上望远的人

一棵芽，一株小草
都有一颗谷粒与一个核桃的愿望
要求解放自己，拔根而走
但它们都担心，自己一走
楼会塌下来，砸没自己

村支书日记之一百三十

（2019.7.26，星期五，阴；己亥猪年六月二十四，世界语创立日，火把节）

我觉得我一个村干部
一眼见底就可以看到一生就是这个样了
有时觉得工作太累
这个村支部书记真不想干了
既不像驴子，也不像骆驼
倒像一个嗡嗡瞎忙乎的苍蝇
但为了人生活得有点意义
证明这个世界自己曾经来过
不只是一只苍蝇那么简单
又不得不负重前行

世上万物
我知道原本不是现在这个模样
只是我在来的路途耽搁太久
我与这个世界的相遇
让我无法想象，若如期相遇
世上万物该又是怎样
我原本应该看到的世界，已不复存在

我知道许多事物在我之前都来过
但它们都消失了
正如我的父亲，我的先人
以及从前的犁铧锄头，刀和火种
我们可以从土里长出的庄稼
找到它们来过的影子

一切都将以自己的方式消失
一切都将以自己的方式到来

我在这个世界，应该做点什么
才能证明我的确来过？

我问山，山说它原本不是山
我问水，水说它原本不是水
我问石头，石头说它每天都在改变
它变成现在这个样子并没有很久
如果不是刚才石匠开山炸石修路
它还坚挺在崖壁上

我们都无法预期自己最终变成怎样
但我们可以选择消失时的状态
我现在要给时间留下遗嘱
我要申请最后变成一坨泥土
而不是化为云烟
哪怕是石隙中的一粒渣土

土，总会长出一些东西
即使是苔藓，也在不断绵延生息
不断证明，这个世界我曾经来过

村支书日记之一百三十一

（2019.8.1，星期四，晴；己亥猪年七月初一，建军节）

扶贫办说，脱贫的标准又变了
许多细节需要更改
我正走在去镇里扶贫工作办开会的路上
突然，天起乌云，电闪雷鸣

夏天的天，说变就变
一场暴雨
把我从原定去往的路上
赶到了别人的屋檐下

我站在屋檐下
看一只蚂蚁颤颤巍巍
驾一片落叶
正从檐下尿槽出发，去看大海
途中，我不知它是否会遇上三闾大夫

我不是屈原，也不是李白
不知是谁把我放逐这样一个时空里
我比田埂上的一头牛机灵点
躲过了一场雨的欺打
我是那只蚱蜢，突然
被一股浊流挡回来

雨中，切断了多少路
而条条水流，此时又改变并开辟了多少新路呢
雨，何时停

雨停后的路，又该怎样走

如果这一个夏天没走好
我又该走进哪一个夏天呢？

村支书日记之一百三十二

（2019.9.13，星期五，晴；己亥猪年八月十五，中秋节）

今天，我在邵阳县先参加了扶贫工作交流会
而后参加了他们作协举办的中秋节诗会
邵阳县是国家级贫困县
这里曾出过唐代著名诗人胡曾
胡曾也是唐朝的一个好官员
体恤民情，关心贫民疾苦
写下了不朽诗篇

晚上游船
我们来到江边，坐上游船
逆风而行
夫夷江上，浪波荡漾
请问今夜是谁搅扰了这里天空的气流
在此掀起了波澜

李白踏浪而来
找到了屈原的草鞋
草鞋化作一缕烟云
屈原从烟云里大笑一声走出来
两人拥抱良久
而后，一起走向夫夷江边的风雨亭

胡曾从老家捧着一包花生米赶来
屈原李白已借月壶，喝了两盅
胡曾解下腰间的葫芦
倒出自家的烧老酒
尽地主之谊，连敬了三觚，开始咏诗

最后一盅
李白喝醉了床前明月光
屈原醉出一堆离骚
让夫夷江的浪花
贻笑大方了千年

村支书日记之一百三十三

（2019.9.20，星期五，阴；己亥猪年八月二十二，全国爱牙日）

一次意外，脱贫户的养猪场发生猪瘟
猪死栏空，投资一贫如洗
脱贫户又返贫

今天扶贫队第一书记召集村委会
叫来受灾返贫户老杨开座谈会
研究解决问题的办法
大家出谋划策，利用受灾政策
尽快恢复生产

第一书记说，扶贫工作一定要抓紧
逆水行舟，不进则退
咬紧牙关，绝不能松懈
不能疏忽大意，留下漏洞
对贫困户的工作要做细
不仅要管好他们的生活，还要落实好政策
盯住并协助他们搞好安全生产

我们都知道，一颗种子，天地的化身
种子，剥开，分两块
一块属天，一块属地
播进泥土，一块往下长成根
一块往上长成茎秆与叶片，撑开天空
一块要抓住自己的地，一块要抓住整个的天
我们的扶贫生产工作
就是要把握好这种地与天的关系

地，太广

天，太阔
抓累了，不行了，也不能放松
换一只手继续抓
抓而不放，抓而要紧
抓而不紧等于不抓
一颗种子，等于一颗不死的心
播下去或掉落
落入泥土，就会发芽
永远坚持，周而复始，不断结出果实

我们人都是一颗特殊的种子
就像一个鸟蛋，裹着一颗坚定的心
包容天地，内存阴阳
蛋白属阴，蛋黄属阳
相拥一起，在温和里慢慢分开
蛋白，长成人的肉身
蛋黄，长成人的思想与灵魂
肉身在地，用脚和嘴觅食
思想与灵魂在天
用翅膀开辟生存空间

村支书日记之一百三十四

（2019.10.1，星期二，晴；己亥猪年九月初三，国庆节，国际音乐日）

讲到扶贫工作，大家就紧张
心里就焦虑
仿佛进了一个黑洞在挖煤
我觉得也没什么特别
关键是要有满腔热情，保持一个好的心态
一心一意，坚持到底

一个人陷入暗道
沿着一个黑洞走
走了很久，拐个弯
突然透现出光亮或听到声响
那就是生的方向
而一条蚯蚓，爬行在黑暗里
受光亮或声响或某种音乐的指引
钻出自己掘开的洞口，那意味着死亡

我们走在一群人影里
染黑了自己，慢慢被黑色积压
那是火药炼成的过程
即使找不到光明
也可以选择燃烧自己，炸开自己
即使让飞蛾扑火
也要用自己在黑暗中证明光的方向

村支书日记之一百三十五

（2019.10.7，星期一，阴转晴；己亥猪年九月初九，重阳节）

今天重阳
傍晚，乡村
两个弯月
一个在天上，一个在池塘

眼巴巴的
两个弯月
一个在楼上，一个在楼下
对空而立
如一个括弧
等待，填入一个单词

这时赶场的媳妇
挑着担儿回来了
从池塘的边上
拐进了括弧里

括弧此时，是两把
被夜色磨亮的刀，一开一合
护卫一颗慢慢裸开而
坚守的心

村支书日记之一百三十六

（2019.11.27，星期三，晴；己亥猪年十一月初二）

今天下午
陪县里干部走访山里的几个贫困户
刚从山上，走下来
田野上空，突然一股股浓烟，腾上天空
那多像是通过打包飞升的乡土
它带着土地的热度
温暖这个寒冬

有人在稻田里引燃了草垛
那是一个好奇的男孩
出生于某个城市的妇产科
一生下就有秒钟计算的电子出生证明
随爸妈回乡看奶奶
这块陌生的土地
让他惊讶地四处欢呼，呐喊，奔跑

他发现了田野上的一个个草垛
像突然走进城里一块巨大的墓地
草垛，像漫画书上的一个个魔鬼
他惊恐，他害怕至极
他要烧掉它们
他掏出了身上的打火机

火光熊熊，从他放的这一把火
我看到了城市郊外的火葬场
高高耸立的烟囱

总是黑烟滚滚，冲向高高的天空
让你听到人间与天堂之间
那些总是暗暗连着的
嘶嘶忧伤

村支书日记之一百三十七

（2019.12.7，星期六，雪；己亥猪年十一月十二，大雪）

这个冬天，很静
好像隐隐潜伏了
绝命的杀手

我走进田野，拜访蚊子
见不到一只蚊子
风说，早走了
草说，不知道
树说，它落叶时就不见了踪影
蚊子，似乎最先预感到了这个冬天
有什么意外立即要发生

不管怎样
我不怪它们
其实蚊子去了哪儿？谁也不必要知道
蚊子从哪儿来？本来也无人知晓
它们总是防不胜防
要来，一夜之间就来了

数以亿计的蚊子，突然消失
它们撤退，不闹腾
不折腾我们，必有玄机，这我们不必追问
一只蚂蚁爬上我的手背
悄悄说：小心，蚊子此次全部出逃
它们另外派来了绝命杀手
替代它们，正在四处潜伏

此时，我发现了风，正割着我的脸皮

割着我手脚上的肉
雪花，细碎的玻璃刀
从天上，纷纷
飘下来

村支书日记之一百三十八

（2019.12.22，星期日，雪；己亥猪年十一月二十七，冬至，一九）

我无意
错遇一个世界
是世界无意错遇了我

冬至，已深到根底，深到骨尖
它们已深知冷暖
该注意怎么保持好自己的温暖
白色的芦花随白鹭飞走
在河两岸重长青色
孵出紫色的花蕊
这个季节究竟怎么了？
冬站在前面，马上就跨过来
你心怀青春，就不要逃跑

冬，并不在意你玩什么颜色
也不在意你的游戏是否有休止
下面的冬，需要枯枝落叶发言
让一条干枯的河流
解说一年的汛期图表
解释你今生的情感语录

你们的世界，我本不想参与
既然有这样包容的气候
还把春天请来参加深冬的会议
我知道这里有某种预谋或预设
肯定也有文章可做
尽管我一无所有

我在一个垂暮的秋快到冬的尽头
你们能让我抓住许多生机勃勃的春
我知道这个世界已改变了新的玩法
让我惊讶，让我感恩
这个世界是该改变玩法了
改变秩序，改变章法
改变许多不可能
改变我们本不可能
但却能发生的世界

我是一片雪花的使者
又一次带着梅花饲养的蝴蝶来了
尽管与这个世界不在一个纬度空间
但我需要这个世界澄清一百年
再落下来
让我能够纯美地与你们的世界会合

村支书日记之一百三十九

（2020.1.1，星期三，晴；己亥猪年腊月初七，元旦）

爱，继往开来
2019，走着走着就没了
消失在远处
消失在身边
消失在脚下
消失在你我一瞬的笑容
与彼此谈话或聊天的一刹那

它走了，离开了
永不再相见了
它交给我们2020重新陪伴我们
爱你（20），爱你（20）
保重自己，又一次从爱你出发
不再爱你永久（2019）
生命在爱中掘进
又在爱中消损

我们从公元（0）走来
从0破开到1
已历经2019个1
每一个1都只是生命的开始
生命从一个个1生出
聚合，分离，再回归到1
但再无法归零（0）
开始了，就没有结束
前行是唯一的再生的途径

今天，你走了，他走了

留下我
留下我为你和他换防
守着这块滋生命的沃土
这块沃土是我们来生
唯一相生相见的出入口

爱你（20），爱你（20）
为爱而来，为爱而去
来与去
都是生命的轮回
因追寻最美的爱
不忘前生
执着一个你，执着一个他
继往开来
因2019（爱你永久），我们已挺过
又将在爱你，爱你（2020）里
多活一回

村支书日记之一百四十

（2020.1.18，星期六，阴；己亥猪年腊月二十四，小年，四九）

题记：妻子在学校被学生撞倒，摔断股骨。2020年1月14日上午，妻子在长沙湘雅附二医院做手术，我在门外等了揪心的6个多小时，她才从手术室出来……

今天是个特殊的日子
就着南方农家过小年
我给爱人写首诗
感恩我们与灾难擦肩而过
感恩我们还活着
诗的题目叫：
《在杏坛站立的一棵树——致敬王老师》

"余年播散春雨
在风的缝隙铺洒阳光
在杏坛站立太久
需要承受的责任感越来越重
骨节疏松，破裂
拒绝继续载重

骨头是地里长出的灵魂
肌肉是爬上骨头的泥土
支持灵魂的生长与站立
灵魂里有骨气，需要保持
灵魂传授
因抽空，而老化
骨节裂开
急需修补
需要营养，进行养护

手术室是生命再生的隧道
推进去，推出来
换了人间
杏坛下一片森林已迁走
你成了站在杏坛上的一棵树
进入新世界，根仍在延伸
为新的人间
讲解地的形成
与天的高度"

七

2020年2月4日—2021年2月11日

　　人生，最大的敌人就是自己，战胜自己，不惧怕
死亡……

村支书日记之一百四十一

（2020.2.4，星期二，雨；庚子鼠年正月十一，立春）

春天等不及，已来到身边
春天一来，空气就松动
生命就向时间开战
许多箭矢就从各处射出
从泥土，从枝头，像一颗心的爆炸
放射出无数思想的粒子

这是一种无声的暴动
是有目的地打破僵局
有杀伤地击穿所有的东西
有意识地破碎所有固有的空间
是一种全新定位、全新布局的开始
是一种战争疯狂爆发的序幕

这种生命与时间的大战
让天空放射出许多空洞
季节里总是有风，有雨
让精神破开许多伤口
人生里总是有热血喷涌，有热泪盈眶

有情感的空洞，需要我们去安抚
由此，我们让所有的枝头开满花朵
让所有的花蕊去提炼蜜汁
有思想的空洞，需要我们去弥补
由此，我们打开一片片新的叶子
在叶子的脉络里寻找新思路

生命与时间在鏖战

只要生命在，时间就无处可逃
那些枯骨是生命不断杀死时间的证明
生命与时间同在
空洞终会弥补
破碎终会圆满

我从落叶，看到时间在撤退
我从一场大雪，看到时间的溃败
时间在向谁投降？时间正在向生命投降！

村支书日记之一百四十二

（2020.2.7，星期五，雨；庚子鼠年正月十四）

疫情，令人揪心
世界的心脏跟随它的脉动在跳动
我的心波随无线电波，悬在半空

李文亮离开了
全国上下，一片悲泣
泪水泛滥祖国大地

历史是一本不断长厚的书
上面记录的全都是了不起的人和事
历史今日含泪记录了他们的名字

他们的人生很短
只是一条小小的线段
但标注了特殊的尺码，丈量出了
生与死非正常的距离
只是一支普通的笔，却书写了
人世间非正常的风雨春秋
让一种超凡的责任，把自己
写成了一个顶天立地的惊叹号

他们是一个个杠杆，撬起了
生命挺进向上的高度
他们是一根根扁担，用责任与担当
把初心挑向未来美好的愿景
他们是一束束光亮，划破沉沉的夜空
让人们看到刺杀恶魔的利剑
他们是一根根金箍棒

不是为了大闹天宫
也不为把天戳破，泄露天机
而是为了铺设一座天桥
忍辱负重，横扫妖魔
誓死给人类度过危难打开一条求生之路

如果1代表生，0代表死
那么把生死分放在人生价值的平台上
组成一个分子分母的分式去考量
以国家危难与人民生命至上做分子
以不顾个人安危牺牲自己为己任做分母
这样，即使他们的生命一瞬而过
他们的生命也将具有无穷大的意义

村支书日记之一百四十三

（2020.2.8，星期六，晴；庚子鼠年正月十五，元宵节）

我决意与几只小羊一起过元宵
从田垄的青草里长出的几只小羊
它们是本土的特产
与内蒙古、西藏、西伯利亚的羊
没有亲戚或亲缘关系
它们属于南方，属于
江南大汉民族中的特殊游乐民族

它们见到我很开心，很亲切
因为我们同属一个血缘
都从同一块田地里长出来
庄稼是它们的同胞兄弟
庄稼去哪儿了
大多数庄稼，秋天就休假旅游去了
这次可能也意外遇上疫情回不来了

天上一滴雨，地上一株草
天上一朵云，地上一片林
天上百鸟飞，地上所有的庄稼长
天上飘久了的，总想落地生根
我们从土地里长出来的
又总想去远游
想离开土地，往那些高远处飞

这一个春天
我不飞，提前学小燕子
落巢小田野
看春光是否从田地里钻出来

看新年是否在土地里冒出新计划
走在田野，脚跟似有草根在扯着
步履蹒跚
几只小羊儿看到了我向他们走来
邀我留下一起过元宵，吃饺子

他们不是贫困户，也不是
政府安排需要安抚的人
他们对我说
他们都是我的几个刚刚
穿越过来的祖先代表
他们是提前赶过来视察疫情的
他们知道疫情两个多月了
他们看到后人在自己的土地上都很安全
就不声不响，假装什么都不知道

感谢几只小羊
感谢我的祖宗
一只老羊悄悄对我耳语
做人不要太高调，只要肯低头吃草
什么病也不怕
什么病也没有

村支书日记之一百四十四

（2020.2.23，星期日，雨；庚子鼠年二月初一，八九）

震惊全球的这一场特大疫情
像一场特大暴雨，席卷而来
这是一场持续长久、声势浩大的雷阵雨
速度之快，让我们无法预料
大家都在奔跑
有的往家跑，有的跑到别人的屋檐下
来不及跑的，就躲在树下、草棚
躲在岩洞里

大家都在焦虑地等待
这场雨究竟要下多久
闪电不断，雷声隆隆
大雨滂沱
天空布满了恐怖的阴云

这一场雨有点奇怪
下了那么久没有停下
大家都还有许多事等着去做
害怕晚点，害怕错过
害怕眼下要完成的任务泡汤

为什么要躲雨
因为大家都在不同的舞台
扮演不同的角色
大雨一淋，会湿透身体而感冒
会淋湿头发，影响妆容
会洗去浑身的香艳，损坏衣装
影响气质，及一个人的高大形象

等待，等待
等待一场暴雨冲洗之后
洗去舞台的龌龊，让大家重登舞台
但一场大暴雨之后
可能许多人不再有自己的角色
不再有自己的位置和舞台
许多人不再回来

村支书日记之一百四十五

（2020.3.26，星期四，阴；庚子鼠年三月初三，上巳节）

清晨，我站在楼上看田野上的风景
一只狗在村道上
跑一段就停下
似在倾听什么，在寻找什么
嗅什么气味
清晨，什么都容易辨别清晰
是不是有病毒偷渡的痕迹
狗，一嗅，就清楚

对门的屋顶上，坐着一个人
静静的，似在倾听什么
似在寻找心灵里丢失的什么
也许和狗一样
是嗅这刚开始的新一天的味道
我似乎也嗅到了新一天，天空中的新意
同时嗅到了武汉，正一天天传出的好消息

鸟，照样在歌唱新一天的清晨
每一天都很相似
但每一天各有各的不同
这种不同，迷惑我们一生
就像这一次通过疫情
我们懂得了人生更多的意义

我们都在寻觅的路上
走走，停停
走走，倏而不见

去另一个世界继续寻觅
另一个世界，我们可能不再相逢
不再相逢于这样的磨难

村支书日记之一百四十六

（2020.4.4，星期六，庚子鼠年三月十二，清明节）

今天，扫墓后，我独自坐在田埂上
云儿，有事没事探头下来围着我看手机
它不是打扰我清静
而是怕我孤独
想陪我一起玩手机游戏

小草，天天好无聊
盼着太阳出来，又怕太阳晒着
我走在田野上
一株小草和我的脚拉关系
催我停下来
我今天心里藏着事，没空理会它们

小草缠着我不动
我坐下来，发现一株小草
小时候治愈过我的流鼻血病
发现另一株小草还治愈过我的牙痛
还有小草里的蚂蚱和爬出土的蚯蚓
它们曾被奶奶烤焦研碎
治愈过我的头痛与呕吐
它们面对我，眨动着眼皮对我笑
它们从身体里抽出一朵花，送给我
我一看，那花里收藏的全都是
我童年里四处爬滚偷鸡摸狗的糗事

我流着鼻涕对它们大伙儿说
请你们不要用我的糗事威胁我
我有一个小小心愿还未了

不然我今天怎能愿意和大家开心一起过
我有一个朋友在湖北
他的亲人朋友日子非常不好过
他已病危，他妻子正在哭
他父母也在抢救中
他的朋友也同时染此病
他们患的是同一种病
这种病，最有效的治疗是草药

我没说完，大家异口同声地说
老大，你什么都不用再说
请你快把他们的地址发给我

我感到很惊讶
它们的微信都藏在露珠里
我一抬头
它们带着草药都已乘坐在了云天里

村支书日记之一百四十七

（2020.4.14，星期二，雨；庚子鼠年三月二十二，黑色情人节）

春天以雷霆为号令
惊醒所有的生命重新开始新的征程
草木露出新的面容
打扫世界，打理人类生存空间
清除晦气
以新的姿态
从泥土里重新站起

武汉的樱花盛开之后
一瓣瓣脱落
以示意大家
这个春天是脱下口罩的时候了
重启与世界对话的模式
全球以中国做法进行体检
以中国做法经受生死考验
历练新的活法与新的生存规则

世界因中毒死机黑屏
重装软件，按下回车键
这一个春天，让世界重启

村支书日记之一百四十八

（2020.5.20，星期三，阴；庚子鼠年四月二十八，小满）

今天志愿者正在陆续离开武汉
送行的队伍举着花，形成一条长长的花带
再见，我的同胞，我的兄弟
再见，我的姊妹，这个世界我最亲的人
一路上，眼泪模糊了视野
难以抹去眼泪，拍下镜头

蝉鸣，一阵紧似一阵
抽心痛着
痛入声里，战栗
渐渐散落飘远
扎入地心

从哪里聚积那么多痛
在此会聚，炸裂
痛着你，痛着我
痛着这个世界此时最痛的人
痛着此时一块乌青的天

云碎，鸟惊
时间在追赶死的逃亡
生命抗争，英雄远逝
暴风雨已去，狂风止
世界在这个季节隆重举行纪念仪式
纪念我们一切重新开始
重生之痛再次潜伏
将痛着我们一生
时刻惊醒

村支书日记之一百四十九

（2020.7.6，星期一，晴；庚子鼠年五月十六，小暑）

全国疫情已控
外出通行，畅通无阻
扶贫工作，下半年已接近尾声
为了搞好扫尾验收工作
今天，我请假独自外出
去湘西，再访十八洞村

坐在高铁上，眼前一路山城高楼林立
城市在日夜不停打桩钉
总担心城市不牢靠，会被风刮走
一个个桩钉挤下去
泥土拥挤在狭缝里，想逃，无处可逃

窗外，阳光、影子、生命都活在大地上
低于生活的，在池塘、水沟、小溪
高于生活的，在云端、枝头、花蕊
生活有不同的平面，平面有不同的海拔
蚂蚁与蚊子，它们的差异在于观念
鸟与鱼，各有各的自由，只是空间走向不同

人活在两个世界
一个靠肉体践行
一个靠思想跋涉
每一个人都有自己的监狱
经常把自己关进去，又放出来
从关进到放出
要经历一个在季节里翻耕土壤的过程
然后才能长出理想的新东西

人生是在寻求一条走出监狱的路
天空是我们灵魂的寄存处
一颗心慢慢开出莲花
在梦里，依着月亮的翅膀自由飞升
星星，是我们最终抵达的牌位
在后人的仰望里，最后回归老家的神龛
老百姓的口碑

村支书日记之一百五十

（2020.8.8，星期六，晴；庚子鼠年六月十九，全民健身日）

今天是祖奶奶108岁生日
我们围坐在一起，笑呵呵，拉家常
祖奶奶在我们面前，一坐下来
世界就老了

祖奶奶藏在世界里的故事很多很新鲜
像一棵古树上长出的蘑菇与灵芝
祖奶奶的怀抱里有我们的童年
我们曾听着祖奶奶的故事入眠
望着星星和月亮在长大
祖奶奶的故事不断繁衍出
我们做梦的基因

梦在夜空中不断飘落
飘落成泥土
不断长出我们的明天
明天走过来不断变成今天
今天不断走过去变成昨天
昨天不断飘落成尘埃
尘埃不断化作泥土

泥土衍生我们
梦，带我们去认识世界
世界与社会引导我们怎样去面对明天和未来
告诉我们什么叫今天
什么叫幸福，什么叫生活

村支书日记之一百五十一

（2020.11.1，星期日，晴；庚子鼠年九月十六，万圣节）

今天村道又堵车了
走上去一看
又是贫困户张三家的鹅闹的事
他是我村最后一批脱贫户
你看他的鹅牛的，啧啧！

二十只鹅耀武扬威，昂头挺胸
大摇大摆在村道上行走
比电视上走秀的人还牛
我走到它们身边，训斥了它们一顿
只听嘎嘎嘎几声，它们就偏着头，斜着眼
朝我瞅了一下
拐到一边的田埂上去了

如今村里的鸡鸭牛羊
都不是省油的灯
它们看不惯那些开豪车的人
县里的扶贫干部
都坐公交车来村里和它们交朋友
村里王二三，笸筐大的字不识一个
到非洲刚开了两年矿
就开奔驰回来显摆
它们就是不把路让给他去扬威
好歹也要给村里的五保户
慰问一下嘛

路畅通了，山上的云也散了
那些悠闲的鸟儿又在做追赶的游戏

从那边的山上追过来又追过去
累了，落在山腰小洋楼的屋顶上
叽叽喳喳，似有说不完的乐子
我不小心，踩着一个香蕉皮
摔了一跤

路上的蚂蚁，身边的虫子
盯着我，似在笑
头上的蚊子，嗡嗡嗡
不知在为谁鸣不平
我这个村支书
今天又被蚊子数落一顿了

村支书日记之一百五十二

（2020.11.3，星期二，多云有雨；庚子鼠年九月十八）

距离习主席2013年11月3日走访十八洞村
提出精准扶贫，已经七年整
今年是扶贫工作决胜的最后一年
贫困户全面脱贫
进入倒计时

扶贫是及时雨
通过七年的艰苦奋斗，硕果累累
到今天为止，理论上
我村贫困户已百分之九十九脱贫
还有外出的两个贫困户
正准备回家办理脱贫手续

我刚到镇里汇报完工作
在赶往村委会的路上
天，突降大雨
雨，像一种神物
又一次向我扑来，劈头盖脸地打我
可能是我还有什么工作没做好
时不时，猝不及防地遭受天谴
雨，总是带着人间太多的积怨在发泄
不管针对谁，不可避免地伤及无辜
你再谨慎，并不能保证会躲过它的袭击

乡下人对雨有感情
爱恨情仇都在雨里
他们制造了各种雨具
应对雨随时可能发泄的情绪

他们需要雨，但不需要太多的雨
他们在风雨里求生存

城里人对雨没有什么概念
以为那是老天安排的洒水车
该洒的时候就洒来了
洒脏了衣服，或湿透了身子
骂骂咧咧一阵子
让一个文明城市，一时顿失文明

雨，乃冰冷之物
最大的优点喜欢敲打人的头脑，使人清醒
像我这种一辈子不在乎雨的人
头发经常在雨里淋
由黑黑的铁丝浸泡成了白白的钢丝
仍无动于衷

雨，现在包着一颗早已对我冰冷的心
它身体虚脱，掏空了心，从天空掉下来
它决定最后要死在我钢丝一样
冰白的头发里

村支书日记之一百五十三

（2020.12.31，星期四，晴；庚子鼠年十一月十七）

今晚露水里有路边遗留稻香的味道
像村尾污水处理漏出细微的氨气
如老池塘里不时冒出的泡沫味一样
此时，草正啃噬着夜色，让绿长厚一点
当月亮嚼着思念
月亮瘦小的身子就长肥了一点

夜，很深
裹护着清冷的村级活动中心
村委会办公室的电脑
刚画掉了最后一个贫困户名单
把名单移到了小康的页面
我们终于在精准扶贫的路上嘘了口气
星星们都笑了，见到我好像没有了从前的怨气
过去的不平与怨言
都掉在了环村绕行的水泥路上
在一辆辆正在往家赶的车的灯光里舞蹈

昔日的手电筒、煤油灯、水车、风车……
都已收进了村级活动中心的博物馆
太阳能路灯，照在一条条村道上
我是一辆晚归的收割机，在这一个深夜
一下已收割了一个刚刚过去的时代
而那些新鲜的东西与事物
将随着一个崭新的时代
从明天迅速到来

村支书日记之一百五十四

（2021.1.1，星期五，晴；庚子鼠年十一月十八，元旦）

马上进入扶贫脱贫扫尾阶段
昨天扶贫脱贫验收工作会议在县人民大会场召开
各乡镇党委书记都在会上表了决心
坚决打胜扶贫攻坚最后扫尾战
现在是出成果的关键时候了

记得我的一个诗友写过这样一首诗
可以概括此时我的心情
诗的题目是：
《从时间与生命里捞出我活着的内容》

"赶时间的人总是在路上
时间编织他们的生命
停下来的时间是死的
如果把生命分成若干段
许多段是空的，虚无的，腐朽的
我要尽可能地奔走，不要停顿
让时间活着
让时间变得可感而真实
让时间变得有持续的生命力

回首人生
常看到我许多虚晃的影子
而真实的自己，还够不上
一块墓碑的硬度
所做的事情，还够不上刻上碑文
我当继续前行
把碑文刻在天下人的心上

人生才会永恒"

不管我诗友的诗写得如何
关键他提醒了我们
如果我们能够把我们的扶贫业绩
刻在天下人的心上
我们就不虚度此生

村支书日记之一百五十五

（2021.1.20，星期三，多云；庚子鼠年腊月初八，腊八节，大寒）

为了扶贫脱贫验收工作顺利过关
我们的工作，天天在抢时间
时间就是生命，时间可以改变时间
时间可以改变一个时代
时间可以改变世界

时间之上是新世界
最自由的是鸟
时间之下是旧世界
最自由的是鱼
旧世界不断凋敝
成为新世界的鱼饵

昨天和夜色是过去，是古文
太阳是翻译
不断把它们翻译成今天的阳光
那些星星和月亮是甲骨文
太阳不愿意翻译
把它们藏在时间的背后
作为《辞海》中每个汉字由来的注解

今天的存在
都是生命产生与消亡的显影
无论风霜雪雨
都是在标注那些艰难存在下去的理由
我花一生是把自己的生命
活进另一些生命里
去储存我的明天

我从一根枯枝里
找到了恐龙的骨灰
我从时空掉落的一些声音里
找到了那些遗失的古诗词
我从一首诗里找到了杜牧的杏花村
我翻开一篇课文与屈原一起流放

舀一觞月光与李白同饮
游离于时间之上，阅尽人间烟火
笑看所有的皇陵
与一个伟大的新时代到来的惊喜

村支书日记之一百五十六

（2021.2.1，星期一，晴；庚子鼠年腊月二十，天地交道）

扶贫、全面脱贫最后验收工作
已紧锣密鼓地进入我们镇的十五个村
我们足足花了半个月的时间
对脱贫资料进行整理归档
对脱贫户一一进行了走访
总结报告、汇报材料，样样齐全
我累得一个人分不清天南地北，白天黑夜
终于等到了奉献成果的一天

三天紧张忙碌，验收结束
我刚听到脱贫验收小组传来的消息说
我村的评审，专家组一致通过
我就高兴得晕了过去
这一晕，就晕进了医院半个月

大病一场
在医院里，我感觉那么多时间从我身体里穿过
我用旧的时间已疲软，几乎很难穿过我的身体了
还好，我的身子骨硬
新的时间能为我挺住，硬生生地穿过来了

旧的时间在我身体里的阻塞
越来越让我感到周身的疼痛
想年轻的时候不惧怕时间，敢与时间同步
坚信自己能改变一切
坚信自己能拥有一切

积压沉落的时间已充斥我体内

阻挡新生命的进入
时间的沉疴与痼疾
终将瓦解我
终将把我化为乌有

但只要我对生活的爱还在
就能跟随新的时间在时光里长出嫩芽
去经受新的疼痛
不断坚持岁月对生命的考验
终会再一次开出花蕊

村支书日记之一百五十七

（2021.2.11，星期四，庚子鼠年腊月三十，除夕）

扶贫工作卸下来，轻松了许多
今天除夕
待在家里想想自己

我是时间的行囊
就像村里那堵土墙，老得有点古气
上面已长满了古诗词
一年四季开着花，变幻着颜色
让人感到很新鲜，很好奇
成为外来游客眼中奇怪的看点

诗词里有许多朝代的变迁与兴衰
也有村里的民间风情与疾苦
更有老祖宗读书人的风花雪月情
而那群麻雀是进化来的古村民
仍然守护这堵墙
叽叽喳喳说着村里最原始的母语

如今在这堵墙的边上
村里修了一个很大的文体广场
这堵墙，像岁月丢下了的一副旧行囊
搁置在村里的记忆深处
常常疼痛在归乡游子怀旧的心上

我也老了，老得不行了
我也像时间背负的一副旧行囊
随时会被扔掉
仿佛我来到这个世界

装载着时间没完没了的责任，只能往前冲
现在我这副行囊，在风雨中已慢慢被侵蚀
布满斑驳的遗痕与空洞
迟早被弃于人生的窘途

岁月已给我留言
看不清的文字符号写满了行囊
如已去的梦想，写在田野山冈
写在江河湖海与每一块空白处

文字的根很深，扎在五千年的深处
文字随着季节在翻新含义
在每一块坚硬的地方刻录人间记忆
及一个人的人生的过程
每一种符号都录下生命所在的社会缩影
录下岁月永不消逝的背影
最后，我将给岁月留言
留下我所有还未实现的梦想

八

2021年2月12日—2022年2月19日

梦，总是在远方；爱，是新鲜的空气与血液……

村支书日记之一百五十八

（2021.2.12，星期五，晴；辛丑牛年正月初一，春节）

又一次欢欢喜喜过大年
从昨夜到今晨，烟花炮仗、鞭炮声
不绝于耳，振聋发聩
整个乡村是一片欢乐的海洋

在家家户户热烈的炮仗鞭炮声中
所有的枝头都长满了口哨
昨夜除夕从地心穿破寒冰的梦
从口哨声里长出了花朵
一朵朵在绽放
都是今天迎接你的笑脸

我面对一个新的你
站在春天里
用牧笛与风合奏
身边的河水回暖成柔情
头上的白云跑到树上看太阳
岸边的绿柳在我身旁向你招手
担心你不经意间疏忽了我

其实我并不是什么
我是你在上一个春天踩踏的一株小草
为了这一个春天
你能再一次踩踏到我
我比上一个春天
站得更美

村支书日记之一百五十九

（2021.2.18，星期四，晴；辛丑牛年正月初七，雨水）

春节假后上班第一天
县委书记就来我村考察了
身边还带来了县里乡村振兴办的负责人
和镇党委一班人
他带着中央一号文件的精神
握着我的手，神情激动
要我带他去田间地头走一走

县委书记对我说
脱贫只是万里长征第一步
脱贫后更要夯实土地的责任
打牢基础，杜绝返贫
开动脑筋，发挥每一块土地的作用
能产粮食的土地，一分也不能荒
要大胆向荒山开刀
让所有的荒山都变成水果园
疏通河道和水圳，接通尾巴水
要科学种田，改良品种
庄稼要因地制宜，找准适宜土壤
家禽要搭好窝，池塘要养好鱼

一路上，喜鹊在不停地叫
书记走过的地
后面的风俯身一摸，全都是热的
前面油菜花都开了，蜜蜂在忙碌
南方的天空，已热火朝天
原来的扶贫工作队第一书记
与现在的乡村振兴工作队第一书记

都跟着县委书记一起来了
他们在田埂上站成了两个季节
絮絮叨叨，交头接耳
在打移交

村支书日记之一百六十

（2021.2.25，星期四，晴；辛丑牛年正月十四）

今天是习总书记向全世界庄严宣告
我国全面脱贫齐步奔上小康的日子
预示我国全面建成小康社会的任务已完成
预示已阔步走在了为建设社会主义现代化强国
实现全民共同富裕和中华民族伟大复兴而奋斗的康庄大道
又一个伟大的新的春天来到了

春天一到，土地一松动
长在芽口的箭，就万箭齐发
我看到一支箭从土地的深处射出
奔向天空，寻找目标
射杀到的东西，一串串，一颗颗
在箭杆的分枝上吊挂
随风晃动

叶子是一双双手掌，分开或握拢
都是为了表达奉献的虔诚
每一种果子，都是胜利的旗帜
是打出去的拳头再收回的姿态
是向土地举手宣誓呈现的仪态
是信仰被物化的形态
果子，鸟儿啄食，掉落或被采摘
都是信仰得到取舍的具象

我们可以想象
那些星星，是神种植的果子，挂在天空
那也是神仙的旗帜
那更是生命战胜一个宇宙

浩浩荡荡，开往另一个宇宙的队伍
那是一颗颗子弹，一个个核弹头
在准备命中对手
随时应对时空的转换

饥渴永远在
我们都在寻找填饱肚子的路
让果子填充饥渴
如果现在的果子被淘汰
我们必须开发新的果子
必须开启新的求真模式
如果，果子变异，染毒
正如乳腺肿瘤，我们必须舍弃
去寻找新的觅食出路
唯有向果子朝拜，才是我们真正的信仰

村支书日记之一百六十一

（2021.3.3，星期三；辛丑牛年正月二十）

乡村振兴的第一书记来了
找我谈话了
一谈话，我的心里就有了主心骨
就像太阳照到田野上

太阳把自己的思想撒满田野
油菜花便开了，似有特殊的秘密
蜜蜂热心地翻译
琢磨这些来自天外的密码
桃树听懂了，李树也听懂了
也纷纷表露自己独到的见解
蜜蜂翻译忙不过来
找来一些蝴蝶去应酬
蝴蝶用的是哑语
只有布谷杜鹃这些鸟类能看懂

鸟类一发声，各种蚊虫闻风而动
被吵醒的青蛙也来凑热闹
它们像中外各大媒体的记者
喋喋不休大胆向太阳提问
太阳老谋深算问题回答得滴水不漏
太阳说它是一个非常负责任的人
一切不解的问题需要慢慢去澄清
要我们去实际生活中，或在国内国际形势中
去观察去领悟去体会它所倡导的精神
太阳对人类的付出每年都在季节里增长

我们去拷问每一棵树每一朵花每一株小草
就会知道它对我们这个正需救亡的世界
是何等的良苦用心

村支书日记之一百六十二

（2021.3.5，星期五，晴；辛丑牛年正月二十二，惊蛰）

昨夜梦里，我轻飘飘的，随风飘落
落在山冈下的田野
我发现我有一种根
像弹簧一样收缩，把我拉近泥土
有一种深入泥土的力
让我不能自拔了

我觉得飞得越高，飞得越远
向外拉的力就越强大
这一种力总想把我拉回来
我仿佛看到了故土里
先辈们伸出的那只拉我的有力的手

蛙声"咕噜"，潜伏在深处
蛇被隔离，在另一个世界静养
美好的欲望都守候在枝头
游子回家的念头都堵在登机口、高铁站
春天有一扇门，靠芽孢才能打开

每天都是有风的日子
草籽在天上飘
生命在寻找最后的落根之地
回归自然
每一个家乡人都是家乡的春天开出的
一朵暖融融的花

村支书日记之一百六十三

（2021.4.4，星期日，雨；辛丑牛年二月二十三，复活节，清明节）

今天我要悼念亡者，栽种青春
我把心里收藏了多年的春
送到高山上
送到海拔1500米以上

我们来到这里
到处都是春的窖藏
我们发现许多人比我们都来得早
许多人比我们都更懂珍惜青春

这高山里住着一户人家
主人捧出窖藏多年的春
来醉我们的衰老
我用祖先为我们熏了千年的腊肉抵挡
那些腊的东西有我祖先的基因
我用一壶老酒，醉我的先辈
他们派出自己的子孙走出这里
打开了我们今天的美好日子

你从远方而来，寻找自己的根
那一口盛载海洋的池塘
一直水波荡漾
根，从池塘的底部长出，连到竹笋的根
这些根都在草的根里缠绕
在那些山药的根里缠绕
在那棵千年的白果树的根里缠绕

一次相约

与祖先告别了千万年
离别时
我已长成路边的鱼腥草
我们从海洋来
终将重新把一切秘密解开
越过达尔文
重释生命起源的新学说

村支书日记之一百六十四

（2021.4.22，星期四，晴；辛丑牛年三月十一，地球日）

春天的脚步比我走得快
布谷鸟比我起得早
树上打开的芽片比我打开房门早
母亲更早地引燃了厨房的灶火
升起农家千年不变的烟火
田野绿油油的油菜苗已缀满青果
在收聚一个山庄的朝气
在加速夏天到来的步伐
我和满院子的家禽一哄走出来
把又一个忙碌的日子打开

今天王老五的婆娘刚从深圳赶回来
要和村里签订油茶、菜籽油加工厂的合同
接着我要陪县文旅广体局的领导验收文体广场
另外李四家的晚崽哄回了一个城里姑娘
中午要我在他们婚礼上讲几句话
下午老支书的追悼会上
我还要亲自宣读那些沉重的悼词
为这悼词，我昨晚弄了一夜才弄好
晚上我还要拟订一个上面新布置的工作计划
说马上要交给在老三家驻村的县领导

路上的风，今天很和气
那不怕蚊虫的草，青翠中露出喜气
那些在路边飞上飞下的鸟
是我们村里最没有忧愁的村民

也是我最不需要去操心的好朋友
前面一群无所事事的狗见我来了
迅速散开
把我让进了村级活动中心广场的正中央

村支书日记之一百六十五

（2021.5.5，星期三，晴；辛丑牛年三月二十四，立夏）

今天我走出村庄外出远行
这次为了乡村振兴新的项目立项
不得不去趟省城
到了省城，天已黑
站在一个省城的黑夜里
我便想起了许多事情

在这城市的黑夜里
我们不再想起星星
因为我们不再需要它们的光照和关注
这个城市黑夜里有用不完的光照
我看到无数的光束在笼罩着我、围剿着我
五光十色，都是追杀我的凶器
黑夜里的光比黑暗还难纠缠
我仿佛是白天硬塞给
黑夜里的砂粒和石块，正哽着夜的喉咙
它们想用光来打碎我
随尿液排泄到下水道流走
去海底沉淀成珊瑚
填补另一个世界失落千年的虚空

这样的夜，也不再需要月亮了
月亮是早已过时且被废弃的理疗器
孤独和伤感都集中在高楼下的舞厅
它们在按时接受新时代的注射与化疗
抑或接种生命长生不老的新疫苗
一个个疗程，都让世界虚脱
红酒，威士忌，在忙于消解杯觥交错里的毒

像一个被充大的气球，里面是游戏
外面是利用夜空的月光在做透视
像一张X光照片，挂在离我而去的另一个人间

如今白日已无法消解自己的毒素
黑夜成了一个大脓包
时间狠命地在挤着汁水
在路灯下，公租房
按摩店，足浴房，公园的草丛里
窗外的呕吐物里
忘了关门的公交车上

过了子夜，在天空酝酿的曙光中
黑夜即将逃离我们
我被出租车吐在宾馆的大门口
黑夜是一个大脓包，我们是汁水
不时地被挤出
随岁月流走

村支书日记之一百六十六

（2021.5.20，星期四，晴；辛丑牛年四月初九，学生营养日）

今天，我们去宝瑶村参观
这是一个比我们村还偏远的地方
是一个乡村振兴示范村
也是我县远近闻名的一个风景区

这个村，土地肥沃，绿树葱葱，鸟语花香
家家都有小园林，户户都通了水泥路
村道与山径小路
像人的毛细血管分支布网
房屋村舍像一块鲜嫩嫩刚生成的细胞群
一看就迷醉了我们
我们一下成了侵入此处的血细胞
在脉动里活蹦乱跳

这里是一个多民族居住区
扯溪，一条来自远古的文脉
各种抗战文物和红色资源，传承历史与文明
幻化出新的气息
新时代在此实施十四五美容规划

山清水柔，风暖和亲
爽爽的空气，从鼻孔与肚皮间
钻进钻出
一个村庄的爽
招引无数神仙在此申请下凡
安居乐业

村支书日记之一百六十七

（2021.6.23，星期三，晴；辛丑牛年五月十四，国际奥林匹克日）

今天为了庆祝我女儿去国外留学
攻读博士学位
我喝醉了

我摇晃在山路上
看到天空一朵云，又一朵云飘过
那些云朵，不是接到什么任务去列队举行什么仪式
也不是接到什么通知
要赶到什么地方开什么会下什么雨
只是闲下来，随便在天空走走

天空很辽阔，但心眼小
走一走，也会引来天空许多争议和质疑
尤其是一个人独走，更是众议纷纷
风在嚼舌头，花草树木都很惊讶
露出异样的眼光

只有水，开心地抱着云的影子亲吻
越抱越紧，抱紧不放
忽而揉在了一起
在小溪，在江河湖海奔涌着，翻滚着
直到把浪花拥到岸边，沙滩，天边
才躺下来，嘘口气

这些举动，于吃醋的天和太阳
是不能容忍的
光天化日，过于张扬且疯狂
风急得像军统特务，紧追不舍

云说，下三烂的风啊，你敢把我怎么样？
想要暗杀我吗？

太阳愠怒，一使眼色
一朵美云
就忽然消失不见，杳无踪影
此时只有蝉知道
云，被风暗杀在蝉鸣中
藏匿于一个树洞的蝉卵里

一朵云死了
周围所有的云都跑出来哀悼
与天，与太阳反抗，遮天蔽日
电闪雷鸣，杀声轰轰
是可忍，孰不可忍？

天已塌下来，暴日已绞灭
悲悯的泪水在滚滚倾诉

村支书日记之一百六十八

（2021.8.3，星期二，雷阵雨；辛丑牛年六月二十五，男人节）

电光一闪
雷声隆隆
泥土里，大地上，所有列队的利箭
它们都说要射杀夏日的太阳
一会儿
我看到太阳真的死了
被雨水冲到对门山下的水库里

这是我儿时对雷电的感觉
现在年纪大了
听到电闪雷鸣
看到的是无数的箭
从天而降，直射大地，直射泥土
箭所到之处，一切都软了
坚硬的芽尖
一下都变成了绿软软的叶瓣
在田野山庄的上空，学柔道与飞的姿势

岁月一瞬
从日出看到了日落
一个个从前的我
都埋在了山那边
病毒，在这一个夏天已销声匿迹
和落日一起葬在雷声与利箭一样的暴雨里

村支书日记之一百六十九

（2021.8.26，星期四，晴；辛丑牛年七月十九，律师咨询日）

从改革开放后，扶贫几十年
直到今天实现了全民小康的新时代
我围绕村子转了四十年
把一个乱冈村
转成了一个生态农业产业园
果树茶园列队成方阵
菜园花草镶路绕山行
庄稼抱团成了集团军
猪牛马羊家禽圈养成群团队形
产业合理布局，提升品牌与格局
一个村既是农业生产区
又是乡村旅游休闲区

今年又是换届选举年
镇里书记说
老支书超龄，连续三年评先进
下半年还有继续参加选举连任下一届的资格
我喜出望外，笑开怀

村支书选举昨天刚通过
今天在村民选举村主任的大会上
一只公鸡飞上来
漫步有型走秀台
"光光王"昂首一声叫，要投我一票
接着猪牛马羊鸭鹅都在叫
它们都要出来为我拉选票
新一届村主任又当定了

我走在回家的路上
一群常陪我走夜路的狗
排着队一一从我身边走过
一只不再邋遢的小花猫朝着我笑
几只精致的小灵鸟从我头上飞过

村支书日记之一百七十

（2021.9.28，星期二，雨；辛丑牛年八月二十二，孔子诞辰纪念日）

秋雨清冷
今天好不容易闲下来，在家翻书
翻着翻着，想起了老书桌的抽屉
抽屉里有我昔日童年相好送我的一本小人书
书名叫《闪闪的红星》

今天，像是一只抽屉
把昨天从今天里，一抽出来
抽屉里的事情与秘密都曝光
耐心守住今天
把一切交给昨天去收藏

昨天里，有个童年的你
你和一棵树躺在自己的影子里睡觉
风，拉也拉不起
一朵云路过，与太阳打个招呼，抹去了云影
这时你和树突然感到浑身热起来，睡得疼痛
一下痛醒
童年的你和树，就这样整天无所事事
仰望天空，梦里寻梦

票据寻找存根
我今生欠你的债务总是还不清
平日里的日记总醒着
一次次牢记那些难忘的日子
门锁响了，我无法逃出昨天关住的门
谁的敲门声，他们到底又要追查我什么
我们只是有过从童年到高中的初恋，什么也没发生

岁月是挂在我身上的两个裤袋
我天天插手在里面掏，却一直两手空空

从童年到高中，我一直是你的陀螺
任你用棕叶鞭子天天抽我
让一阵阵风来回不停考验我站立的意志
我刚要在晕眩中倒下，风又把我抽起
只能等今后有一天你不想再抽我
让我像一个树桩，被钉进泥土
希望还能长出我童年时嫩嫩的根
在今天开枝散叶，重新托起我对未来的梦想

追思，是一种痛定思痛的遗恨
静静地躺在相思人的泪花里
像一种药，给泪花疗伤
我的汛期已过，不忍心把童年的你
从我心疼的抽屉里再一次抽出
正如我不忍心把昔日古朴破旧的村庄
从昨天抽出来与今日挤满洋楼的村庄对峙

村支书日记之一百七十一

（2021.10.14，星期四，晴；辛丑牛年九月初九，重阳节）

我们村是有名的长寿村
九十岁以上的老人有十个
百岁老人有五个
这些老人，他们是这个世界守住时间的人

今天重阳节，开个老年座谈会
我九十，你一百，他已一百加二十
数字进入年龄，每前进一丁点儿该有多难
秒针要转多少圈，分针要转多少圈
时针又要转多少圈
长寿村的老人，守住了时间
时间困在他们的皱纹里
绕不出浑身布满黑斑的陷阱
秒针、分针、时针进入他们笑容里的酒窝
无法转动

逃不出陷阱的时间
偷走了他们的牙齿，做了篱笆桩
潜在他们的骨节里锯细细的小孔
让他们手脚行动迟缓无力，腰椎弯曲
只允许看着地行走，禁止仰望天空
只能睡觉时透过窗口望星星，看月亮

天上的时光到了我们村就不走了
在这里迷在风景里等他们
等了上百年，时光不肯离去
老人们望着时光常常笑开了花
一旦时间胆敢挑战他们的年龄

他们吮吮嘴，咬咬空牙床
一定会让时间憋死

在我们村
时间总是担心自己先老人们而去

村支书日记之一百七十二

（2021.11.5，星期五，晴；辛丑牛年十月初一，寒衣节）

天黑了，我刚从镇里开会回来
闲下来陪孙女

今晚静悄悄，孙女老是对我说⋯⋯
孙女说了很多
孙女最后说她的糖果掉地了
说地球找不到她的糖果了
因为地球没有脖子，也没有腰
弯不下脖子，弯不了腰
所以找不到糖果

孙女她说，真正能够看清地上东西
找到地上糖果的，是天空
我问地球上有多少个人
孙女说，你们不是说有多少个亿吗
那是假的，你们不可能清楚
只有天空知道地上究竟有多少人

我觉得孙女说的有道理
我连自己身上的毛和头发有多少
都不知道
别说世上的人和天空的星星了

我们村有多少富裕户？村里的土地有多厚多肥？
哪个家里有多少坛坛罐罐？我清楚
可我现在嘴巴上有了多少根白胡子
你知道吗？我不知道
我天天在数

村支书日记之一百七十三

（2021.11.19，星期五，阴；辛丑牛年十月十五，下元节）

我们村第一个生态旅游项目
终于从省里批下来了
我村的乡村振兴，从生态旅游做起

傍晚，我正走在田垄上
几只鸟吹着口哨穿过田垄
草们、庄稼们都在倾听
愉悦的心情漫溢天空
我感觉自己从来没有
像鸟儿这么轻松快乐过
我不知道这个世界是他们的，还是我们的
也不知道人的历史与鸟的历史
哪个更长

我只知道草是我们的祖先
先辈们死了，都变成了草
没有变成鸟的
是草根最先喂养了我们
我看到了庄稼们在朝我笑
提醒我，它们也原本都是草类
我们其实也只是从草群里走出来的另一群草
唯一的特长就是学会了走路
我不知我们何时能长上翅膀，变成鸟类

布谷鸟在远处叫个不停
身边的青蛙也叫起来

它们的叫声，此起彼伏
田垄里顿时淹没在一片蛙声里
此时，夜的衫帐挡住蚊虫
飞挂下来，罩住了村庄

村支书日记之一百七十四

（2021.12.3，星期五，阴；辛丑牛年十月二十九，国际残疾人日）

今天给村里的残疾老人送去了过冬慰问品
回家路上，我沿着河边走
冬的风有点冷
霞光在寒风中抖索，坠入河中
河水似飘动的彩练

一个人一直在河边垂钓
从少年钓到了老年
不知他钓上的鱼有多少
我看到他现在已很消瘦
像内藏鱼钩的食饵
已被鱼一点点吃掉
慢慢露出了弯弯的钩
我想用它串起晚霞作为食饵
甩向天边
钓出那轮饿瘦了的月儿

我也是人世间内藏鱼钩的食饵
不断咬吃我的是时光
当我身上的食饵被吃光
最后只剩下一个弯钩
不知那时会是谁最后用力把系我的鱼竿一甩
用我钓走世界的所有
也钓走我的世界

人世间所有的生命
都是内藏鱼钩的食饵
上帝不只要钓走让生命活着的时间

还要钓走这个我们仅用时间就可以
尽情享乐的世界

天色已晚，钓者从河边一晃，站起
背着渔具，一拐一拐，沿着光的方向
消失在前面的夜色里
越来越冷的村庄
这时在夜中沉得很深

村支书日记之一百七十五

（2021.12.24，星期五，晴；辛丑牛年十一月二十一，平安夜）

今天我邀请乡村振兴工作组第一书记
去我家吃晚餐，喝点米酒暖暖身
傍晚，天空好像有异象，霞彩漫天
由于高兴，我有意绕道
引第一书记进入村里的一片原始森林

不曾想岁月在此偷闲得如此葳蕤茂盛
时间不仅懒惰成草，还悠闲生花
长满了我少年时在此遗留的青春
在沟壑里自由欢快

溪流淙淙，流不尽的铅华
哪怕长出水草，也要把青春留下
鱼儿，是一群深山里消灭不完的特种兵
誓死不渝
保卫这让生命安生不老的清流特区

林荫深处，时光流走
留下暗痕
昭示一切逝去的都无可挽回
杂草，苔藓，残叶
由此衍生文字
长出又一轮色彩斑斓的新历史

此时，许多云儿因我们飘来
鸟儿，因我们惊飞
虫鸣，突袭我们耳鼓
我们像钻入山中的两股气流

在我们眼前衍生海市蜃楼的幻影
一堆堆聚集一起的蘑菇群
与一群群围绕蘑菇群忙碌的蚂蚁
让我们看到了我们的村庄原始部落时代的缩影

村支书日记之一百七十六

（2022.1.20，星期四，多云；辛丑牛年腊月十八，大寒）

冬，已进驻村庄很久
天，连下了几场雪
今天是大寒，节气进入年末
田野山岗，许多东西都已冷得有点儿僵硬
天地已被白色笼罩
像医院的一张病床
阳光是吊针，时而从云缝里吊下来
让生命维持呼吸

冬的冷是有原因的
气候需要许多日子的酝酿
一棵芽从污秽的尘世里爆出来
它的痛和忍一般人无法领悟
草从墙缝里挤出已成为习惯
蕨生长在悬崖是宣示生命无所畏惧
飞鸟潜水或啄开冰层捕鱼
是生命对生命极限空间的挑战
唯有你，在冬的深处
九死逃生才抓住那点绿，纯属运气
那点绿，是与冬最后决斗的匕首

绿，也是阳光的根
在寒风的间歇里伸延
你把阳光包裹，攀缘而上
形成一条血脉，新的微弱的生命
再在血脉的皮上长出，开花
阳光为弱小者吊成藤蔓，为勇敢者挺拔成树
那都是你逃生的出口与呼吸的气管

小草在风中为你踮起脚跟，水草在水中为你举托
生命总是向上，不肯埋没，拒绝扼杀
螺，往岸边游走，期望沿着水势爬上陆地
鱼，跃出水面或冲破冰层
在探寻适合自己的新的空间
冒险总会有牺牲
留下躯壳，也是挑战自我的见证

沙漠，那是古时屠杀生命的菜市场
生命的血早已在沙漠下汇成水流
在低处积聚湖泊，成为新生命的奶汁
它们要缠住阳光的根，让生命攀缘
带着它们的绿与蓝，孵化沙漠
让尸骨横陈的沙漠还原生命的本源
留住温度，提升温暖的空间
在雪山以上制造暖流，把雪埋葬

阳光是吊针，生命在复苏
我站在山岗，展望田野
炊烟袅袅，那是血液暗流的方向
我伸手抓一把阳光
仿佛站成一棵抖落寒冬的绿树

村支书日记之一百七十七

（2022.1.31，星期一，晴；辛丑牛年腊月二十九，除夕）

今晚除夕
我坐在灶膛，蒸煮着腊肉萝卜
满屋子冒着浓浓的香味
接下来我还要蒸煮鸡鸭鹅或其他什么东西
农家的年夜饭菜总是丰富多彩
我觉得这一个春节恰恰在冬的尽头经过
让人特别能感受温暖，我非常开心
一年的每一个季节，除了冬天
都有让人特别开心的地方

夏天，庄稼和我一样开心
我喜欢待在水边欣赏杨柳依依，水波荡漾，心旌摇荡
喜欢看雷把云突然劈开，掉下来敲打万物，震天撼地
喜欢听夜里青蛙的歌声，闻着果香，数星星
在夏天我很有存在感
我与庄稼一起经风雨，与水一起共呼吸
与雷一起守天地，和青蛙一起鼓干劲

秋天，落叶和我一样开心
我喜欢谈起小鸟追云儿，到后来一场空的那桩子事
喜欢说一棵树，偷看一对恋人光天化日下，竟敢做那样的事
喜欢讲小草暗恋一贵妇人的大腿，被风发现羞得不敢见人的事
在秋天我很得意
我比落叶容颜要好，比小鸟轻松快乐
比树精神振奋，比小草扬眉吐气

春天，田野和我一样开心
我喜欢孤独地望着天空，任风吹拂田野的油菜花

喜欢给自己戴个面罩和小鸟捉迷藏
喜欢带着一只小狗捕捉蜜蜂，看姑娘头上插着杜鹃花
看小伙子在清冷的小溪里捉鱼
在春天我很踏实
我和田野一样暂时一无所有，和天空一样空阔舒坦
和小草一样坦然，和清风一样自由

一到冬天，我发现我什么也不是
我像一块石头
埋在土壤，发不出芽
也长不成什么东西
空有一身硬骨头
什么也做不了

今晚除夕，中国上下热血沸腾
我充满一颗热心
蒸煮了一个严冬
迎接春天的到来
品尝我用心制作的最朴实的民间厨艺

村支书日记之一百七十八

（2022.2.4，星期五，晴；壬寅虎年正月初四，六九，立春）

今天我村最后一个光棍汉结婚了
我在婚礼上做了热情洋溢的讲话
通过脱贫攻坚到全面建成小康社会
走向共同富裕之路的今天
我村11个光棍汉全部摘掉了光棍的帽子
我感到非常的欣慰和由衷的高兴
为我们的伟大胜利干杯
为我们的美好未来干杯

这一高兴，酒兴就来了
婚宴上，面对那么多亲朋好友
我这个自豪得意的村支书
一路慷慨激昂
不知喝了多少
不知不觉中，就喝醉了

我走在春天的田野上
踩着田埂上的青草
好像腾云驾雾在天空
脚下似有棉絮一样的云，踩着好舒服
太阳滑落西边的山上，霞光灿烂，无限美好
太阳像害羞的姑娘
扯着云，遮着彤红的脸蛋朝着我笑

这时，我又一次仿佛看到从前的你
看到春心已动的你
你的心动，如霞光袅绕，如云雾朦胧
朦胧中，你似向我走来

我多想摸一把你，可怕摸一把你
我手上就全都是花瓣，结出桃子
我多想抓一把你，可怕抓一把你
我的手指就柔软成了柳枝，长满柳絮

我只好远远地望你
如云，似雾
我看到一颗涌动的心
柔柔地，在撩着我的心，在动

村支书日记之一百七十九

（2022.2.10，星期四，壬寅虎年正月初十，国际气象日）

今年的春，血压有问题
春的血糖也有问题，老是头晕
浑身冰冷冰冷的
柔弱，而没有一点力气
春，老是受冬余孽的欺负
天，一直在下雪
冬，不接受春的接管
赖着不走

已是第五天下雪了
雪，且越下越大
天大的雪盖下来，盖下来，盖下来
草没了，花没了，树木没了
村庄没了，水沟小溪田野都没了
河流没了，山没了，路没了，最后城市也没了
一切界限，一切规矩也没了，一切的一切都没了
剩下一片雪白的雪和继续疯狂的雪舞

我用一根千年历史打造的绳索，用历史的力
首先把我们的村庄拔出来
我看到了仍然健在的母亲
再拔出来，我看到了已故的父亲
再拔，拔，拔，一直拔
看到了我的童年，看到了父亲的童年
看到了祖辈的童年，看到了先祖的童年
看到了元谋人的童年
他们都在玩雪，打雪仗，造雪人
都在雪地里狂舞，欢乐着，快乐着

我累了，手一松
嗦的一声，所有的一切都掉下去了
一下，什么也没了
一个绳索样细小的洞，马上被雪覆盖
只剩下一片白
和一片白以下的神秘、构陷、阴谋、觊觎
与不可知

这个世界怎么了？
真的太丑陋？太龌龊？太可怕？
太忍无可忍？
我们真的需要把它埋葬？
从那冰冻的翅膀与折断的树枝
我抬头看清了天
从那不敢游动的鱼与不敢动弹的蛇鼠
我低头看明了地

其实我们面对的
只是为了一种意外所造成的无法预测
而后带来老天的发泄
去掩盖一个非人所知的绝密
春天不怕受委屈
春天知道这一切只是暂时的
一切机密或绝密
都会排除雪压，不听使唤地冒出来

这一个特殊的节气
它是在酝酿一个特大的暴动
要炸开一个史无前例的春

村支书日记之一百八十

（2022.2.16，星期三，雪；壬寅虎年正月十六）

还未出正月十五，正月十三
县里领导就下来督导乡村振兴工作了
今年冬季雪灾严重，县领导指导大家怎么防寒
怎么保护小麦、保护油菜、保护好反季节蔬菜
提前做好水田破冰计划
面对雪情，如何实施抓好
新一年的春耕生产和项目开发

根据上级领导的指示精神
七七八八，忙了几天
今天是正月十六了，才歇了口气
真是十五的月亮，十六圆
好不容易静下来喝口酒，庆祝自己五十九岁生日
然后思考一下自己，马上就六十岁的人了，即将退休
想想自己的过去，二十八岁当村干部
天天夜夜忙，忙到如今
不知自己忙了什么

总觉得自己什么也不是，只是一种肥料
头发是输肥管
对这块土地太多的爱只能从这里输出
现在，头发白了
青春年华什么也没有了
唯有留下了割不完的庄稼
像白里透青的胡须
时而显现我青春逝去的丽影

像一棵树一样

为了一树的果子
它抽出自己的心
用绿汁掩饰自己的心血
一片片叶子
一片片血，在输出

像等一种收获，也像等一个心上人
等得太久
叶子青了黄了；黄了，又青了
直到青了又黄了，叶子飘落
一切都白了，天也白了
最后的血被岁月挤干，被风吸去
结果怎么样？留下自己的枯骨
敢问我所望的你，又在何方？

我又能怎么样？
所有的生命都和我一样
哪怕一株小草也是这样
你没看到一株小草青了，黄了，白了
就像母亲的发丝在冰雪里飘扬
一辈子活过去，无欲无求，从没有过叹息

我没什么可交代
我只是母亲在青春里留给我的一点绿
它要寻找植根的土壤，变成更多的绿
我担忧它过早地变白了，没用在有用的地方
一旦耽误了，就白活了
什么也没有了

今天我要在父亲的坟头敬一炷香
把自己的灵魂埋在父亲的坟头，与父亲谈心
谈他当一辈子村干部与我当一辈子村干部共同的理想
我要自己最后的一点绿插在他不眠的梦里
不管岁月怎么无情，嗜血的风怎么张狂
我要把自己头上还残留的几根青丝

插入土壤，长成森林
把寒风吞噬，把逝去的岁月掩埋
在这个迟来的春天重新长出青春

村支书日记之一百八十一

（2022.2.19，星期六，雪；壬寅虎年正月十九，雨水）

这几天，天一直在下雪
待在家里看书
我看《百年孤独》《高山下的花环》
看《钢铁是怎样炼成的》

时间走过
岁月总是和时间产生隔膜
一回首就是苍凉一片
岁月只是时间的背影
就像火燃烧后的灰烬
在生的背面，以死亡而冷静

时间制造光环
也制造灰暗与残迹
有多少人能走进光环的点
住进聚光灯里
成为无数人在灰暗里
欣赏的那个光芒四射的舞者或歌者？

生活这个舞台上谁都在天天演出
无数的我都在光环以外忙活
你以不起眼的角色弄出炫目的动静
就会有人停下来观看并琢磨你的演出
动静大了看的人多了，你就被笼罩在光环里
光环是人的眼光制造的
是什么制造了人的眼光呢？

我们活下来都在寻找自己需要的东西

有人找到了一丁点儿
有人找到了许多
有人什么也没找到
这种东西在暗处不断在打磨人的眼光

时间走过
岁月在后面把一切掩埋
一旦在时间里错过
要找的东西
就无法回过头去，找回来

黑夜像幕布，拉过来，拉过去
一个个昨天的我，一去不复回
一个今天的我，不必做无谓的演出
或去找到什么自认为最重要的东西
看到老百姓过上好日子，就是一生最大的所求与幸福
我的笔，蓄满昨天逝去的黑
面对今天到来的白
我要书写对时间最后的告白

九

2022年2月20日—2022年5月31日

责任永远在路上，生命不息，战斗不止……

村支书日记之一百八十二

（2022.2.20，星期日，雪；壬寅虎年正月二十，世界社会公正日）

今天到镇里参加了镇党委扩大会议
总结了过去一年的工作成绩
对新一年的工作进行了部署
会上宣布了村级班子的任免情况
对新一任班子的任职具体工作做了安排

我们村让我村主任书记一肩挑，继续连任
我看到了山的信任
听到了山上山下小溪流水的歌声
当村干部好难，当好村干部更难
这个跟祖国的根、人民的根打交道的人
需要化解自己，融入根里
才能让所有的根系与我一起把祖国的天空撑起

新的换届，等于换了一个新的"水龙头"
保证畅通，保证服务无误
新的决策、新的思想，新的方略
一切在"水龙头"的把握里
今后唯有做好"水"的文章
才能润泽万物
万物兴盛

村支书日记之一百八十三

（2022.2.22，星期二，晴；壬寅虎年正月二十二，八九）

今天，新年第一次冒雪
参加了县里年初关于乡村振兴的动员大会
从中央到地方都要把乡村振兴工作
作为农村工作的重中之重来抓
解决我们未来幸福生活来得去、去得来的问题
农村永远是我们人类生命与生活的母体

走在雪地上，只见天空雪花飘扬
大雪又一次杀来，冲杀声隐隐从天而降
像一个偌大的伞兵空降兵团
这是"敌人"的又一次冲锋
这是生命与寒流的又一次大搏杀
刀光剑影，杀气腾腾
尽管"尸横遍野"，但强大的生命
没有屈服，也没有倒下
待到大地掩埋了"尸体"
大地会毅然决然
坚定地把又一个活生生的春天捧出来

我们这个世界需要反抗冬的扼杀与镇压
去唤醒花草树木绿叶的成长
需要青春的活力，去打开春天的大门
需要鲜丽的阳光与静美的天空
去撑开生产生活的门路
需要夏天的热情与热血，去灌注丰硕的果实
需要秋天的真诚，去赐予我们以收获
青松不怕雪压，我们需要春天的奋起
更需要春天播种我们的决心

拿出所有像芽尖一样锋利的武器与天搏斗
等待春风徐来，万物更新
等待春风化雨，润泽天地

我穿过重重雪压
回到了村委会办公室，我热血沸腾
回想今天会上的会议精神与县领导的决心
我更加坚定了村里今后各项事业蓬勃发展
取得胜利的斗志与信心
我立即打电话通知村里全体党员和村民小组长
明天在村级活动中心
召开全村乡村振兴动员大会

村支书日记之一百八十四

（2022.3.20，星期日，晴；壬寅虎年二月十八，春分）

今天终于等到了
中央一号文件精神的具体政策下来了
根据这次的惠农项目
我们村可以把溪沟整成标准化的水渠
把滩河清理，把河道疏通
让流水畅通，唱响山歌
可以把池塘掏空，让蓄水清澈，深不可测
把家厕改造，去脓化瘀
洁净心境，无疾开心

从此，让屋檐水滴不出浊气
阴沟里没有蚊虫横行
让蚯蚓愉快地迁到菜园子里，躬耕土壤
让屋前屋后的树木花草，自由竞长
让鸟儿天天在竹林聚会
莺歌燕舞，搞派对

我望着今天的天
突觉很蓝，很蓝
山野一片清新空阔

村支书日记之一百八十五

（2022.3.24，星期四，雪；壬寅虎年二月二十二，防治结核病日）

今年的天气有点怪
刚晴了两天，地上刚冒出了热气
又突然刮起了冷冽的寒风
农谚里，这叫倒春寒
我正要去村委会商量最近的工作
天，又下起雪来了
我望着屋前一棵树，在感叹

一片枯黄的叶子，它已挺过了冬季
来到了春天，仍留在树枝上
叶子青色时
鸟儿曾在它上面啄食过虫子
但鸟儿未曾想过这样曾保护过它

风，一直不停地拉扯叶子在飞
风不知道，叶子仅仅能保持一个飞的姿势
叶子为了树的青春伟岸
一直坚守在枝头
能飞走的，只是它的向往
能飞向远方的，只是它的梦幻

春天来了
并不意味着就赶走了一切寒冷
极寒竟然会在春天到达
雪花，漫天飞来
它们是否要用一种意外的方式来改变世界？

天地，渐渐变得一片白，容不了任何别的颜色

只有鸟儿和不怕严寒的人
留下一串串脚印和经过树林撞落的痕迹
闪烁着暗黑沉陷的白
积雪的叶子，雪把它越裹越紧，越裹越厚
雪光里透出它枯黄的亮光与微弱的呼吸

下午，雪终于停了
太阳也终于在冰天里烙出了一个大孔
一下云破天开，那些冰云被点燃，一瞬全烧灭
蓝天下，阳光的火苗四处燃烧
雪白的世界渐渐消融
露出世界本来的面目
似给一个寒心的春天
洗了一个暖心的脸，脸颊透出桃红

在一阵阵和暖的春风里
那片枯黄的叶子突然一身轻松
解除了的冰甲
它多想就这样永远地留在树枝上啊
又一阵风吹来，绕过叶子又转回
瞬时静默，忽而轻轻地走了
此时，枯黄的叶子突然掉下来
摇摆着身子
轻轻地，静静地，躺落地上

一会儿，远方似有微风拂来
叶子，一瞬不见
这一片枯黄的落叶
将来会是我吗？

村支书日记之一百八十六

（2022.3.26，星期六，阴雨；壬寅虎年二月二十四）

今天矿泉水开发商来我村考察
谁也不知道，这个开发商就是我多年未见的老同学
他带着专家考察现场后，对我们这里的水质很满意
专家说，用我们村的水源开发加工的水
可能胜过十八洞村开发的矿泉水

我听了很高兴
活动结束回家后决定喝点酒
这一喝，怎能不醉
这一醉，就不知道今天的天飘到哪里去了

雨，一直在下
雨水打湿了夜
夜色湿润，溢出潮气
夜着凉了，开始流鼻涕
突然一个喷嚏，打得车的尾气"扑哧"响

夜，在烤火箱里发烧
在空调机里发烧，在灶房的炭火里发烧
半空里一声春雷
一个大喷嚏巨响，火冒金星
夜，浑身痉挛，手脚哆嗦
路灯摇晃，四目眩晕

夜，开始撞到夜宵摊吞吃感冒药
晃进歌厅里歇斯底里唱摇滚
摸入澡堂里屏息搞汗蒸
再到足浴堂里按摩又泡脚

折腾了半夜的夜
一躺下，就安稳地睡觉了

当夜醒来，已天明
夜，一身轻松，什么感冒也没了
突觉神清气爽，青春勃发
神不知，鬼不觉地走了

这时，霞光辉映下来
一只狗在草坪上散步
发现一个人躺在一棵树下
全身湿透了
狗，惊疑，紧张
一声狗吠，惊落了树上的露珠
正好打在这个人脸上

这个人一惊，醒来
揉揉眼睛，望望天
神志恍惚，不知什么时候咋睡到这里了
皱着眉，一寻思
仿佛记得昨夜和一个醉汉打着伞
摇摇晃晃到了一个地方
那个地方，发着光，像是天堂
一兴奋，就"啊"的一声
躺下来了

我，就这样
昨晚最后在天堂里睡觉了

村支书日记之一百八十七

（2022.3.28，星期一，晴；壬寅虎年二月二十六，学生安全教育日）

今天天气好，山上喜鹊叫
一大早，高高兴兴赶到村委会
突然接到镇里书记电话，问我在不在家
说县委书记马上来我村考察
我脑壳一下嗡嗡叫，水还没烧热
县委书记已到了村委会
我们迎过去，镇里书记给我们一一介绍
这是我县的新任县委书记，吴书记

书记姓吴好，靠天吃饭啊！
如今党是天，老百姓是地
现在党的政策好
老百姓吃穿不用愁
书记很年轻，很健谈
坐下来，听了他的一席话
觉得他给我们带来了一种年轻的思想
他根据我的汇报情况，很快就过滤清晰
立即提出了让我们喜出望外的工作新思路

接下来，吴书记把我叫到工作组第一书记身边
说了一些悄悄话
他说他讲的是思路
关键是我们针对实际情况真抓实干
把我们的造血项目工程做实，做牢！
要经得起市场的考验
另外我们的红色旅游项目必须尽快动起来
还有什么问题
去找今天戴西洋帽的那个乡村振兴局的美女局长

听了书记热情洋溢的讲话和叮嘱
兴奋得我一夜睡不了觉
寻思吴书记说的话
觉得我村的竹木加工厂，其中竹子加工
应该主攻工艺品方向
而木材加工，应该把根雕技术搞上去
提高产品附加值
扩开市场，远销国外；多出外汇，多出黄金
红军桥，红军野外宿营地
红军墙，贺龙指挥所
这些亮点的整修与周边设施建设
明天村支两委必须商定方案，立即落实在行动上
另外村里山泉水的开发
与开发商谈好的合同必须马上签订

夜已深，我望着窗外
月亮已睡到树梢上
星星睁着快要打瞌睡的眼
迷迷瞪瞪，望着我
夜风吹来，带着山梁上的几滴露水
打在我的脸上，提醒我
工作需要在清醒的思路中行进
天下无难事，只要国家惠民政策好
干什么都能成

万籁俱寂
明天，又是一个艳阳天

村支书日记之一百八十八

（2022.4.4，星期一，阴；壬寅虎年三月初四，寒食节）

为了土地资源的充分利用，增产增收
今年规定，山下田能种双季稻的一律种双季稻
山上田能种中稻或晚稻一律种中稻、晚稻
种植前后，能穿插其他作物品种种植的，一律种植
做到时时季季不荒地
地球的地有限，人的吃喝无限
我们要盯住地球做文章

说到盯住地球
我曾写过一首题为《地球，被盯上了》的诗
诗是这样写的：
"地球被盯上了
盯着地球的两只眼
白天是太阳，夜里是月亮
月亮后面还有远处的无数小暗哨
它们按时换班，日夜看守
盯死了地球

盯了地球亿万年
也不知道它们究竟看上了地球什么
是发现了有什么宝贝
还是有什么值钱的东西
生怕地球带着它们潜逃
或者是地球暗藏了什么重要玄机
给宇宙造成了恐怖与威胁

也许刮风下雨，风雨雷电
是它们设的一个局

借以遮掩什么，欲乘机潜入地球
找到并偷走它们所需要的东西
谁知地球只是一个魔术师，变变花样
仅仅是为了藏住自己的口粮

地球被盯上了
粮食生产决不能忘"

为了土地，为了更好的生活
我们必须盯死地球，盯住土地
玩好地球，玩好土地
让大家在地球上都一起幸福着，快乐着

村支书日记之一百八十九

（2022.4.20，星期三，雨；壬寅虎年三月二十，谷雨）

麦子锋芒毕露
打头阵，最先从雪地里杀出
冻不死的芒刺家族
从冬走到春，再到夏，即使廉颇老矣
也从不低头

麦子杀出天地
把世界打开，放下果子就走
接下来是勇敢担责的老二，稻子
稻子个性比麦子温和
尽管也锋芒毕露，但有礼有节
稍有点成就，即谦恭颔首
然后是老三高粱
高粱，更是老实巴交，忍辱负重
最后是老四
老四是个有北方基因的大姑娘，叫玉米
大大咧咧，尽管粗犷，也很含蓄
有时甚至害羞
像一个大户人家的奶妈
总有奶不大、喂不饱的崽崽

农家四姊妹，经常在我们身边
她们是农家屋里的四个顶梁柱
想想她们
我就看到了庄稼人的诚实
想想她们
我就看到了我们能活着的依靠
想想她们

我成熟了几十年的泪珠
怎么一下都掉下来，砸在地上咋那么重

面对田野，面对如今变换花样的四姊妹
我看到了从前的父老乡亲
一个个从田垄里走失了
又从孩童们的欢闹声里活过来
让我想到了儿时的太阳、月亮
白天一个热糍粑，夜里一块冷锅巴
为了这份口粮，农家人世世代代
仰天弓背，朝天拜地

麦子、稻禾、高粱、玉米现在正在长苗
麦子稻禾走过五月就慢慢开始扬花
六月七月麦子稻禾就开始慢慢成熟起来
玉米、高粱一心想壮大身体
等到它们成熟，就快到深秋了
我以一个庄稼汉的强健体魄
等你们在你们光鲜的每一个季节里

村支书日记之一百九十

（2022.5.5，星期四，晴；壬寅虎年四月初五，立夏）

今天，刚送走考上公务员的大学生女村干部小王
临走时她送给我一包她亲自制作的茶叶
我们村的乐山茶园就是她亲自抓、亲自开发出来的
这茶属高山云雾茶，品质优良
现已打开销路，远销国内外

回到家里，歇下来
我打开小王送的那包茶
用手指攥了一小撮，用开水泡着
我再从书柜里取出那本看了几遍的《史记》
一边翻看，一边品茶
书里的历史人物慢慢又从我眼里活过来，跑出来
正如泡在茶杯里的茶叶
一片片，在舒展自己的身体
慢慢开始舞蹈，进行演出

这让我想起这女村干部小王开发的茶园
想起春夏秋冬都在茶园里玩的老人小孩
想起一群群采茶姑娘和小伙子
他们年年都在满山满坡的一片绿里忙碌
沐浴着阳光，像春天的一杯杯青茶
泡开在田野山岗
泡开在山乡最美的岁月里

一杯茶茗，一本厚重的历史
其中的味道，就像其中的历史人物
只要我们懂得欣赏
就会用我们特有的思维泡开他们

泡开他们静美的思想
泡开他们的精神与灵魂
让我们品味无穷，感觉他们虽死犹生

茶，不同的茶有不同的品味
只有独具智慧者
才能找到最适合自己的佳茗
人本身如茶，经历生活的磨炼
再在生活中泡开自己
让别人去品尝，品出自己独有的味道

我的村庄更是一包山茶特产
正在改革开放共同富裕的新世界里泡开
走入外面大世界正在放开的味觉里

村支书日记之一百九十一

（2022.5.22，星期日，阴；壬寅虎年四月二十二，生物多样性日）

我的一个亲戚，夫妇双双在怀化市感染病毒
正在抢救
家里有一个三岁的女孩
还有一个十岁的儿子是聋哑人
只能靠病弱的母亲在家照顾
今天我抽空去看了他们
送去了一些能吃的东西

回来的路上
在绥宁街上看到一个盲人
戴着墨镜，开着音响在弹唱
歌声婉转悠扬
音色惆怅，在诉说与亲人离别的怅惘
周围围观者，听得泪雨洗断肠

心在沦陷，爱在沉沦
你把爱置于圣殿，像在天堂弹唱
爱的声音和呼吸，如锡箔振荡
从天而降，落入凡尘
覆盖尘世每一块急需暖心的土地

生命那么孱弱，总是经不起寒流
一颗心总有失去爱的时候
有谁永远有一颗暖暖的心
去把一个人暖住
心，需要保护
不要嫌弃那些皱褶的皮壳、老化的皮层
它们都在维护心的温暖，爱的坚守

吸纳来自四面八方爱的暖流

我们收拢心，护住生命
等待春回大地，生命更旧换新
新的青春，会显露在更高处
新的花开，会在更高的天空
老去的是过去
新的美丽永远在明天
光亮的自己永远在未来的时空

小草不怕埋没
大树不怕风吹
心坚根深
固守泥土，不断新生
爱心不变，不断奉献
大爱涌来，守护众生
但愿人长久，千里共婵娟

村支书日记之一百九十二

（2022.5.25，星期三，晴；壬寅虎年四月二十五，国际失踪儿童日）

突然得到消息
我的一个扶贫战友老张患了绝症
据说是胃癌，刚发现就是晚期
现在已快不行了，就住在湘雅医院

老张，好人啊
他是一个快退休的老头子
驻扎在我们隔壁大叶村扶贫有八年
很少回家，倒是他爱人经常来看他
每次都来去匆匆
每来一次，总是叮嘱他：老张啊
年纪不小了，要注意身体
工作是国家的、人民的，但身体是你自己的
但他老是回答：老婆子，你放心
不会有事，我的身体好着呢
我的身体不仅是自己的，也是国家的、人民的
有国家和人民撑腰，我的身体就不会有事

今天我和村委会三个人去医院看望他
一早，我们搭乘班车去县城坐高铁
花了三四个小时才赶到湘雅医院
我们一进病房，他看到我迎面而来
就用力伸出他的手
我立马走向床前去与他拥抱
拥抱之后，大家都泪流满面
他弱弱地说：老林啊，我快不行了
看来马克思找我急啊
剩下的革命工作，得靠你们来做了

扶贫工作奔小康，乡村振兴国富民强
乡村振兴，重任在肩，你们任重而道远啊

说罢，他抹了眼泪，拿出一个笔记本
说：最近一直睡不着觉，放心不下我们大叶村
躺在病床上，望着窗外，总是泪雨淋淋
深有感触却说不出来，于是我只好写了一首诗
请你们的秘书小李给我念念
以表我心怀，算告慰大家了吧！

"我的大叶，我的第二故乡
是我的灵魂再生的地方
我的大叶，我的最爱
我把我所有的情都给了你，现已一无所有
我把我所有的情都融入我的身体
献给了你，我的大叶，我的村庄，我的第二故乡
最能表达我情感的，是我的肢体
我用支撑了我六十年岁月的肢体最后为你坚挺
为你操劳操心，为你排忧解难，为你强身健体
是我今生最大的荣幸

也许我将背离你而去
你将永远不知我去了哪里
我要在梦里去那与天堂最近的大草原上驰骋
去离我的爱最近的雪峰山再次游历
还要去离海最近的我国沿海地区最发达的大都市
去看东方明珠，去看太阳升起的地方
卸下我在人间的重负和心的桎梏
去自由的世界、自由的天地、自由的太空飞翔

我要用我的双手舞动
画出心图，再一次引你走近我的真心
我要用我的双脚跨步转动
丈量你离我最后的距离，然后在旋动中飞升
投去我眺望你的望眼

我要用我躯体饱满的热情
像一块我心底的热土去表达我最后献给你的最爱
你看我胸膛的震动声里，心花已怒放
像电磁弹投向你，炸开你的胸膛
与我一起相拥

除了我对你的情，我已一无所有
我展开我的双手舞动
在病床上锤炼我飞向你的翅膀
我欲迈开飞姿的跨步，旋动
修炼我腾空振翅的力量与美姿
今生是你在我的梦里为我刻下了游牧的好时光
那么就用我最后唱给你的歌声和对你最后的呼唤
引你再一次在我的梦里
一起去飞翔，去飞翔"

小李子吟诵完
大家泪雨滂沱
大家哽咽着，病房里很静，很静
一道晚霞射进来
灿烂了大家斑驳的泪脸

村支书日记之一百九十三

（2022.5.28，星期六，晴；壬寅虎年四月二十八，全国爱发日）

今天，我村的矿泉水公司终于开业了
各级领导都来庆贺
高山矿泉水真的好喝
领导说今天庆宴，他们喝矿泉水
矿泉水也让人心醉

今天醉了醉了，又醉了
我的天啊
今晚面对你，我只能旋舞
天上的人啊
我是你此时在人间
刚好钓到的已浮出水面的小酒鱼
我知道你们已垂钓了我半个多世纪
趁我今晚正好没防备

今晚我把快乐送给了酒杯
举杯邀明月，月儿就沐浴在我杯里
我与月儿从来没有这么长时间亲吻
今晚我把孤独留给了我的身影
因为我一直没有回头看看
我一步一步掉落在身后的自己

天上的月啊
你常年在寂静的夜晚跟随我孤独的背影
不曾对我有一句言语
你的无语，一直让我在醉后旋舞
即使你现在已禅悟
从唇动中泄露几句禅语

我也无法听到你真正的声音
唯有天上的星星掉下的眼泪
时常打湿我深夜裸露出的心
就像山上奔涌的矿泉水
今夜，它的水花
溅到了我对山乡充满爱的神经

村支书日记之一百九十四

（2022.5.31，星期二，晴；壬寅虎年五月初二，世界无烟日）

《村支书日记》从2013年冬
写到2022年夏
暂告一个段落

夏，属于生命热恋时期
许多东西都需要放开
许多话都按捺不住，需要倾诉
倾诉受阻，就会电闪雷鸣，把心炸开

从冬到春，从春到夏
就像马拉松式谈一场恋爱，时间绵长
爱，总是慢慢生长，时间阻挡不了心的迅猛炽热
温柔与文雅受到时令限定
鲁莽与粗俗总会无可抗拒，暴露无遗
爱与不爱，真爱与否，在夏里考验，见分晓

没有轰轰烈烈，去哪里甄别爱情？
既然爱了，敢于承担山崩地裂
山体滑坡，洪水泛滥，房屋坍塌
与良田冲毁等一切不可预见之灾祸
爱，福兮，祸兮
都是为了改天换地，见证生命存在的意义
没有这些，季节无法转换
秋天缺失夏的来路，春天没有归期

从冬到春，从春到秋
一次爱的漫长旅程，仅为结一次果
实现生命的更新与生死循环

冬，站在严峻的路口，检验我们一生的爱
值不值得去经历不可控的风雨
与生死中的折腾和烦扰

我的祖先都埋伏在一个城堡
他们以家族的名义邀请我给他们举办讲座
要我指明，生门在哪里
其实，拥有时间就拥有生路
时间是大家的，看我们怎么去把握
希望大家都能把握好时间，让生命永生
让自己永生

我摸一摸，我的骨头还在
正好206块

跋

一本日记，我写了那么久，你们看了那么久，大家都累了。在这夏天的季节，我用一首叫《夏》的诗，结束我的日记：

"瓜架上
丝瓜、黄瓜一字排开
正如T台上一群搔首弄姿的模特
腆着肚腩的冬瓜、南瓜像两个门卫
一高一矮立在瓜棚门口
小草递给我一张门票
要我进去看个究竟

夏天喜欢暴露与显摆
到处摆着台面，呼风唤雨在吆喝
总有一群群小草在围观
果树与庄稼是主角，鸟蝶飞虫是配角
云是台上的烟雾，太阳是追光灯
台上时而透亮
时而烟雾朦胧，似有仙女飘动

远看，夏天不只是一个T台剧场
更像是一个开采挖掘的大冶炼厂
四处布着搭有绿色帐篷的矿井
夏天要大干一场
欲证实土地里到底埋藏了多少不为人知的东西
泥土，深而神秘
靠一个夏天是无法搞清土地的秘密的

夏累倒在秋里

等待冬的收场
春，带着一号文件的精神赶来
夏，精神抖擞
又将大干一场
如此这般
周而复始"